「行くよ」

情けない気分のまま、レイフォンはトランクケースを握り締め
リーリンに背を向けた。

「待って」

細い声がレイフォンの足を止めさせた。

それからは一瞬の出来事のように感じられた。

鋼殻のレギオス

「わたしは本気で行くぞ」
空気を引きちぎるような音をさせて、ニーナが右手の鉄鞭《てつべん》を振るった。
レイフォンはあくまでも無言のまま頷いた。
剣を構える。
いきなりだ。
間の計りあいもなにもなく、いきなりニーナが飛び込んできた。

間近でそれを見て、レイフォンは言葉を失ってしまった。
発光体の正体は、小さな子供だった。
（これが、都市の意識？）

鋼殻のレギオス

雨木シュウスケ

ファンタジア文庫

1201

口絵・本文イラスト　深遊

目次

プロローグ

誰《だれ》もが息を詰《つ》め、漏《も》らしてしまいそうになる恐怖《きようふ》を喉《のど》の奥《おく》に封《ふう》じ込《こ》めていた。

「…………」

ニーナもそれは同じだった。

放浪《ほうろう》バスの一番後ろの席で、頭を押《お》さえて震《ふる》えている小太りの商人らしき男越《ご》しに、窓《まど》から外の様子を窺《うかが》った。

砂塵《さじん》に汚《よご》れた窓の向こうには草一つない荒野《こうや》が広がっている。

乾燥《かんそう》した大地はあちこちがひび割《わ》れ、その断面《だんめん》を鋭《するど》く盛《も》り上がらせている。

視線《しせん》の遥《はる》か先に大きな影《かげ》があった。

それは山のようにも見える。

稜線《りようせん》の急な、太い塔《とう》のような山だ。

だが、それが山ではないことをこの場にいる誰もが承知《しようち》していた。

「あれは……ベリツェンだ」

バスの中ほどの席に座《すわ》った男がそう呟《つぶや》いた。男は望遠鏡を使って、影の様子を見ている。ニーナから見える横顔には大粒《おおつぶ》の汗《あせ》がいくつも浮《う》かび、立派《りっぱ》な喉仏《のどぼとけ》が何度もつばを飲み込んで上下した。

ニーナも目を凝《こ》らし、影を確《たし》かめた。

山ではない、それは都市だ。

山の頂《いただき》のように見えていたのは、尖塔《せんとう》だった。その頂上《ちょうじょう》にはぼろ布《ぬの》となってしまった旗が揺《ゆ》れている。その旗に描《えが》かれた紋章《もんしょう》がその都市の名なのだろうが、ニーナは知らない。

男の言うようにベリツェンなのかどうか、確かめる術《すべ》はなかった。

強風がバスを横から叩《たた》いて、ギシリと揺らした。

「ひっ！」

バスの乗客たちが、その音に怯《おび》え、頭を抱《かか》えて身を低くする。

少しでも自分たちがここにいることが知られないように、乗客たちは息をするのすら恐《おそ》れるように身を縮《ちぢ》めた。

ニーナは頭を抱えることはなかったが息を呑《の》み、なにか反応《はんのう》が返ってくるのではないかとさらに目を凝らして都市を見た。

その都市は、もう死んでいた。

大地を踏《ふ》みつける巨大《きょだい》な多足は膝《ひざ》を屈《くっ》して、動く様子はない。

乱立《らんりつ》するようにある塔型の建物も、外縁部分《がいえん》に近いものは半ばから砕《くだ》け無残な傷痕《きずあと》を刻《きざ》んでいた。

こちらから見える外縁部の一部が抉《えぐ》り取られ、都市の足元に瓦礫《がれき》の山を作っている。

まだ、煙《けむり》があちこちから昇《のぼ》っていた。

襲撃《しゅうげき》されてから、それほど時間が経《た》っていないのかもしれない。

ここからでは、生き残りがいるかどうかも確かめられない。

だが、生き残りがいるのかどうか……確かめに行くことなどできるはずもなかった。

都市の外にいる自分たちはどこまでも非力《ひりき》な存在《そんざい》なのだ。

まして、その都市を破壊《はかい》されて、住んでいた人々が無事に済《す》むはずもないとニーナにはわかっている。

都市の張り巡《めぐ》らすエアフィルターを失っては、人は呼吸《こきゅう》すらもままならない。

「ニーナ……」

隣《となり》に座ったハーレイが心配げに声をかけてくる。

「大丈夫《だいじょうぶ》、気付かれていない」

ニーナは自分の声が震えているのに気付いて舌打《したう》ちしたかったが、その音すらも呑み込んで、いまだ都市の上を旋回《せんかい》する襲撃者を見つめた。

口内はカラカラに乾《かわ》いているのに、冷や汗だけはとめどなく噴《ふ》き出してくる。

「これが、わたしたちの住んでいる世界なんだな、ハーレイ」

悔《くや》しくなってハーレイに呟いたが、幼馴染《おさななじみ》からの返事はなかった。

残忍《ざんにん》な破壊者は、王者の風格すら漂《ただよ》わせて悠然《ゆうぜん》と旋回を続けている。

襲撃者……汚染獣《おせんじゅう》と呼《よ》ばれる大自然の王者の姿《すがた》が、ゆっくりと建物の間へと舞《ま》い降《お》りていく。

「いまだっ！」

誰かがか細い悲鳴のような声で吠《ほ》え、運転手が一気に機関を回転させた。

折りたたまれていた多足が伸《の》び上がり、バスの車体を高く掲《かか》げる。

視線《しせん》が高くなり、そして跳《は》ねるようにして進んでいく。

少しでも早く、都市から遠ざかろうとそれこそ飛ぶような勢《いきお》いでバスは走る。

遠ざかる都市をニーナは凝視《ぎょうし》した。

「もう、大丈夫だね」

だいぶ離《はな》れてから、ハーレイがほっと安堵《あんど》の息を吐《は》いた。

「……わたしたちは、なんて脆弱《ぜいじゃく》なんだ」

緊張《きんちょう》がほぐれていくバスの中で、ニーナは拳《こぶし》を握《にぎ》り締《し》めてそう吐き出した。

†

都市の外縁にまでくれば、巨大な足が大地を踏みつけ、蹴《け》りだす音が耳に痛《いた》いほどに聞こえてくる。

都市の巨大な足音は周囲の全《すべ》ての音を圧《あっ》し、強い風の音をも消し去ろうとしていた。

「やっぱり、やめない」

だから、声も大きくならざるをえない。

都市間放浪《ほうろう》バスの停留所《ていりゅうじょ》前で、少女は大声を上げて少年に話しかけた。強い風が彼女の金色の髪《かみ》を巻《ま》き上げる。澄《す》みきった青の瞳《ひとみ》がまっすぐに少年に突《つ》き刺《さ》さる。同年代の成長しきっていない表情《ひょうじょう》は不満とも不安とも取れ、停留所の前に立つ少年を見つめていた。

少年は困《こま》った顔で、停留所の前で出発時間を待っているバスと少女を見比《みくら》べた。係留索《さく》で巻き上げられたバスは長い多足を折りたたみ、移動《いどう》する都市の揺れに合わせて車体を緩《かん》衝《しょう》プレートにぶつけている。その揺れはただ事ではないので、乗客たちは——整備《せいび》を終えた運転手でさえも——すぐ近くの待合所に待機している。バスはその構造《こうぞう》上、縦《たて》の揺れには強いのだが、横の揺れには弱いのだ。

「レイフォン！」

唯一《ゆいいつ》待合所に入っていない乗客……レイフォンは少女の大声でバスから視線《しせん》を外した。

茶色の髪、藍色《あいいろ》の瞳。十代の後半を迎《むか》えた、なにがしかの成長を見せはじめるその表情には、気弱い笑みが貼《は》り付いている。

「それでも、僕《ぼく》はもうここにはいられないよ。リーリン」

声を張り上げないレイフォンの言葉を、リーリンは顔を寄《よ》せて聞いた。彼女の訴《うった》えるような瞳がすぐ近くにある。幼馴染の気安さが異性《いせい》を感じさせなかった。

「でも！　わざわざ、他所《よそ》の学校を選ぶ必要なんてないよ！」

「ここでだって……」という言葉は、都市の足音にかき消された。レイフォンは風に押されてバランスを崩《くず》したリーリンの細い肩《かた》に手をかける。

「奨学金《しょうがくきん》の試験に合格《ごうかく》できたのが、ツェルニだけだったんだから仕方ないよ。これ以上、園のお金を僕に遣《つか》うなんてできないだろ？」

「無理して遠い場所なんか選ぶからでしょ。そんなのより、もっと近くなら。奨学金試験、来年やり直せば近場でもっといいところがあるかもしれないじゃない。そしたらわたしと……」

その先にどんな言葉があったとしても、レイフォンの決意が変わることはない。それを示《しめ》すために、レイフォンはリーリンにゆっくりと首を振った。

「出発をやめることなんてできない」

はっきりと言う。リーリンが息を呑む。傷《きず》ついた顔で、揺《ゆ》れる瞳が自分を見つめるのに耐《た》えられなくて、レイフォンは彼女の肩に、そこに載《の》せた自分の手に視線を注いだ。皮の硬《かた》くなった、ごつごつとした手だ。疲《つか》れきった、老人のような手だと思った。

「もう決まったことなんだ。覆《くつがえ》すことはできないし、それを誰も望んでいないんだ。僕も望んでいない。陛下《へいか》は外の世界を見てこいと仰《おっしゃ》った。陛下もまた僕がここにいることを望んでいないんだよ」

「わたしは、望んでいるわ」

リーリンの、揺れながらも強さを感じさせる言葉に、今度はレイフォンが息を呑む番となった。

「わたしが望んでるだけじゃ、だめ？」

訴えかけるリーリンの瞳と言葉はずるいと、レイフォンは感じた。取り繕《つくろ》うための言葉を探《さが》そうとして、それがないことに気付かされる。言わなければならないということに痛みを感じる。

レイフォンの唇《くちびる》が震《ふる》える。リーリンの唇もまた、震えていた。

お互《たが》いに言葉を探していた。

そして、結局、取り繕うための都合のいい言葉なんてないのだと気付かされる。誰が何を望もうとも、レイフォンがこの都市を離《はな》れるのだという事実はもう覆せない。レイフォンにその気がないのだから、覆せるはずもない。

それを望まないリーリンを傷付けないままに納得《なっとく》させるなんて、できないのだ。

背後《はいご》を甲高《かんだか》い笛の音が駆《か》け抜《ぬ》けた。

都市の足音や強い風の音を切り裂《さ》いて、あるいはその隙間《すきま》を潜《くぐ》り抜けるようにして、単音の、線のような笛の音が停留所付近を突き抜けていった。

バスの出発時間が迫《せま》るのを告げる音だ。

笛を鳴らした運転手は、待合所から出た足をそのままバスの中に向けた。機関に火が入り、バスの古ぼけた車体が、都市の揺れとは別の振動《しんどう》を辺りに振《ふ》りまいた。待合所にいた乗客たちも、手に手に荷物を持って乗降口へと向かっていく。

レイフォンは唇の震えを止めた。リーリンに触《ふ》れていた手を外し、足元に置いていたトランクケースを持ち上げる。

持っていくものはただこれだけ、これ以外の荷物は園の子供たちに使いまわされるか、あるいは捨《す》てられてしまうことだろう。

「僕は行くよ」

わずかに赤らんだリーリンの瞳《ひとみ》に、レイフォンはまっすぐな言葉を向けた。リーリンからの返事はなかった。ただ、変わりようのない事実への、最後の抵抗《ていこう》が終わったことを感じたのか、リーリンの唇もまた、震えが止まっていた。

赤らんだ瞳だけが、レイフォンを見つめている。

「もう決まったことだっていう以上に、僕はやり直したいんだ。色々と。園にだって戻《もど》れないし、陛下の下《もと》にだって戻れない。それは僕がしたことだし、どんなことをしてでも償《つぐな》わなくちゃいけないことだと思う。でも、そんなことを誰も望んでない。ただ、僕がここからいなくなればいいと思ってると、僕は思ってる。だからって、僕がいなくなればいいというわけでは、ないんだけど……」

言葉が詰《つ》まった。適当《てきとう》に言ったつもりではないのだけれど、事実を並《なら》べ立てても、そこに言い訳《わけ》じみたものが混《ま》じるのに、レイフォンは自分自身にうんざりした。

「決まりきってないんだ、僕だって」

弱く、そう付け加えた。

「いろいろやり直したいってのは本当だけど……」

「もういいわ」

切り捨てるリーリンの言葉が冷たく聞こえて。レイフォンはトランクケースを握《にぎ》る手に力を込めた。彼女の瞳を見るのが怖《こわ》かった。

運転手がまた笛を鳴らした。バスの出発時間はさらに迫っている。

「行くよ」

情《なさ》けない気分のまま、レイフォンはトランクケースを握り締めリーリンに背を向けた。

「待って」

細い声がレイフォンの足を止めさせた。

それからは一瞬《いっしゅん》の出来事のように感じられた。

リーリンの手がレイフォンの肩を掴《つか》んだ。レイフォンを強引《ごういん》に振り向かせると、すぐ近くにあったリーリンの顔が、さらに近付いてきた。

重なったのは一瞬だった。

乱暴《らんぼう》な、しかし柔《やわ》らかい圧迫《あっぱく》感がレイフォンを支配《しはい》する。

その一瞬に呆然《ぼうぜん》とする間に、リーリンはすぐに飛び離れた。ほんのかすかな、ひきつった、しかしいつも見ていた意地の悪い笑《え》みを浮《う》かべて、わけがわからなくなっているレイフォンを笑うように、リーリンは声をかけてきた。

「手紙くらいよこしなさいよ。みんながみんな、レイフォンにもう会いたくないって思ってるわけじゃないんだから」

それだけを言うと、リーリンはレイフォンに背を向けて走り去っていった。スカートを跳《は》ねさせて走る姿《すがた》は、なんとなく見慣《みな》れない存在《そんざい》を見ているような気になった。

(ああ、そうか……スカートを穿《は》いているから……)

活動的なリーリンはスカートを好まない。そんな彼女がスカートを穿いている。

そして唇の甘《あま》く、柔らかい、瞬間の感触《かんしょく》。その残滓《ざんし》を確《たし》かめるように、レイフォンは唇を指で撫《な》でた。

(単純《たんじゅん》だな)

自分をそう笑いながらも、レイフォンは軽くなった足取りでバスに向かった。

着いたらまず手紙を書こう。

そう、心に決めて。

バスが動き出す。レイフォンは最後にその目に収《おさ》めようと一番後ろの席で自分が今までいた都市を見つめた。

自律型移動都市《レギオス》。この世界のどこでも見ることのできる、当たり前の都市。テーブル状《じょう》の胴体《どうたい》の上に無数の建物が、中央が高く、外側にいくに従《したが》って低くなるように建ち並《なら》んでいる。その下部には足が生えている。太い金属《きんぞく》の足がテーブルの下部いっぱいにひしめいている。それらがとても秩序《ちつじょ》だった歩調で、バスから遠ざかるように都市を移動させていた。

中央にある一番高い尖塔《せんとう》状の建物をレイフォンは見つめた。

頂上《ちょうじょう》には巨大《きょだい》な旗が風を受け止めている。獅子《しし》の胴体を持つ竜《りゅう》が剣《けん》を銜《くわ》えている。まるで噛《か》み砕《くだ》くかのようだが、頑強《がんきょう》な剣は折れる様子もない。

そんな印章をつけた旗が、強風に煽《あお》られてはためいている。

その旗を、レイフォンはじっと見つめた。

リーリンにあてる手紙の、最初の一文を考えながら。

01 入学

君と別れたあの日のバスに乗ってから一ヶ月。ようやくツェルニに到着《とうちゃく》することができました。なんとか、入学式には間に合ったよ。途中《とちゅう》で、五回もバスを乗り換《か》えることになりました。一つの都市だけで暮《く》らしていてはこういう苦労はわからないね。都市たちはみんな、自分たちの勝手な考えで動いているものだから。辿《たど》り着くのには、本当に苦労しました。昔の錬金術師《れんきんじゅつし》たちが、どうして都市に自意識《じいしき》を与《あた》えたのか、僕にはその理由はわからないけれど。でも、彼らは汚染獣《おせんじゅう》から的確《てきかく》に逃《に》げる術《すべ》を心得ているから、僕たちはたすかっているんだ。今はしみじみとそれを感じることができます。

バスに乗っている間、何度か汚染獣の群《む》れをすぐ側《そば》で見ました。彼らの凶暴性《きょうぼうせい》は本当に恐《おそ》ろしい。逃げ場のないバスで襲《おそ》われることを考えると、本当にぞっとします。

大丈夫《だいじょうぶ》。僕たちのバスは襲われませんでした。そこら辺は、運転手がやはりプロだということだと思う。三日ほど、汚染獣に気取《けど》られないようにじっとしていたことがあったけど、あの時は心臓《しんぞう》が痛《いた》い思いをしました。汚染獣に襲われるのもそうだけど、バスを壊《こわ》されて、あの、乾《かわ》ききった赤い大地に放《ほう》り投げられたら、生き残る術なんて何もないものね。

それでも、僕は無事にツェルニに辿り着くことができました。

この手紙はツェルニの寮《りょう》で書いています。二人部屋だけど、運がいいことに相方はいません。一人部屋なんて今まで持ったことがないから、それが嬉《うれ》しいよ。

君はどう？　新しい生活には慣れたかな？

ここまで書いて、僕は君の現住所を知らないことを思い出しました。途方に暮れてる。

君の学校の住所は知っているから、とりあえずそこに送ることにしました。無事に届《とど》いて、君の手に届くことを祈《いの》ります。返事には新しい住所を書いてくれると嬉しい。園に送ることを考えたけれど、きっと園長さんは僕からの手紙を受け取ってはくれないと思うからね。

それでは。

君の新しい生活に、そして君の大地である都市に永遠《えいえん》の平和があらんことを祈って。

親愛なるリーリン・マーフェスへ

レイフォン・アルセイフ

†

世界を彷徨《さまよ》う自律型移動都市《レギオス》には様々な形態《けいたい》がある。単純《たんじゅん》に人が生活するための全《すべ》ての機能《きのう》を備《そな》えた標準型《ひょうじゅんがた》から、それぞれ個別《こべつ》の機能に重きを置いたものまで。

その中の一つに学園都市がある。

ツェルニ。学園都市ツェルニ。

中央にある校舎群《こうしゃぐん》の周囲には、それぞれ各学科のために必要な施設《しせつ》が用意されている。

その中の一つ、全校生徒が集合する大講堂《こうどう》に、大勢《おおぜい》の生徒が向かっていた。

着崩《きくず》れた学生服で友人たちと談笑《だんしょう》しながら歩く一般教養《いっぱんきょうよう》科の生徒たち。

久《ひさ》しぶりに着た学生服になじめずに、それに苦笑《くしょう》する農業科と機械科の生徒たち。

学生服の上から薄汚《うすよご》れた白衣を着た、錬金科と医療《いりょう》科の生徒たち。

他の生徒たちとは一線を画して、毅然《きぜん》とした姿勢《しせい》で歩いていく武芸《ぶげい》科の生徒たち。

そんな、様々な生徒たちの姿《すがた》が大講堂の中に呑《の》み込まれていく。

学生による学生のための完全な自治が為《な》されたその都市で、今日、新たな学生を迎《むか》える式典が行われようとしていた。

が、どうやら式典は延期《えんき》になりそうだ。

一時間後。

呆然《ぼうぜん》とした気分で、レイフォンは直立していた。

「とりあえず、座《すわ》ったらどうかな？」

「は、はいっ！」

緊張《きんちょう》した声でそう答えたものの、レイフォンは指し示《しめ》されたソファに腰《こし》を下ろすことが、どうしてもできなかった。

目の前には一人の学生が、大きな執務机《しつむづくえ》を前に腰を下ろしている。レイフォンとは違《ちが》い、もう大人だと言われてもなんの問題もないような雰囲気《ふんいき》を持っていた。白銀《しろがね》の髪《かみ》に飾《かざ》られた秀麗《しゅうれい》な顔を、どこか柔和《にゅうわ》に崩した表情《ひょうじょう》とは裏腹《うらはら》に、銀色の瞳《ひとみ》は冷静に物事を判断《はんだん》しようとレイフォンを見つめている節がある。

見られたくないものまで見られているような視線《しせん》に、レイフォンは視線を彷徨わせた。

靴越《くつご》しでも感触《かんしょく》のよさがわかる絨毯《じゅうたん》。目の前には応接《おうせつ》用のソファとテーブルが置かれ、片側《かたがわ》の壁《かべ》は全体が棚《たな》になっていて、資料《しりょう》らしきものがぎっしりと並《なら》べられている。

この部屋に入る前、扉《とびら》にかけられたプレートには生徒会長室と刻《きざ》まれていた。

目の前にいるのは、生徒会長だ。

「名乗るのが遅《おく》れたね。私はカリアン・ロスという。六年だ」

ツェルニは六年制《せい》の学校であり、つまり彼は最上級生ということになる。

そして、生徒会長。

この学園の支配者《しはいしゃ》ということだ。

「レイフォン・アルセイフです」

背筋《せすじ》を伸《の》ばして、はっきりとした声で名乗る。額《ひたい》に冷たい汗《あせ》を感じた。

カリアンが微笑《びしょう》している。

部屋には、レイフォンとカリアンしかいなかった。

「別に、君を罰《ばっ》しようというわけではないよ」

苦笑気味のその声に、レイフォンはいくぶんか気を落ち着かせることができた。呼《よ》ばれてここにくるまで、そして今まで、ずっとなにが起こるかわからなくて緊張していたのだ。

「まずは感謝《かんしゃ》を。君のおかげで新入生たちに怪我人《けがにん》が出ることはなかったよ」

入学式は、騒《さわ》ぎが起きたために中止となってしまっていた。

騒ぎを起こしたのは、武芸科の新入生たちだ。どうやら敵対《てきたい》都市同士の生徒たちが鉢合《はちあ》わせしたらしく、視線のやりとりが舌戦《ぜっせん》に替わり、それが拳《こぶし》のやりとりに替わるまでにそう長い時間を必要としなかった。

武芸科……この汚染された大地で外敵から身を守るために、人々は様々な特殊《とくしゅ》能力に目覚めた。人々はそれを天からの大切な贈《おく》り物と考え、信仰《しんこう》にも似《に》た気持ちを抱《いだ》いている。

そんな、特殊能力者を育成するのが武芸科だ。

その能力が本気でぶつかり合えば、最悪、一般生徒に死傷者《ししょうしゃ》が出たことだろう。カリアンの瞳《ひとみ》には純粋《じゅんすい》な感謝の念が宿っているように見えた。

「新入生の帯剣許可《たいけんきょか》を入学半年後にしているのは、こういう、自分がどこにいるかをまだ理解《りかい》できていない生徒がいるためなのだけれど……やれやれ、毎年のことながら苦労させられるよ」

しかし、それを操《あやつ》るのはやはり人なのだ。時にはこのようないがみ合いが乱闘《らんとう》沙汰《ざた》に発《はっ》展《てん》するし、血を見たりもする。

あくまでも爽《さわ》やかに苦笑する生徒会長に、レイフォンは気の抜《ぬ》けた相槌《あいづち》しかできなかった。

「それにしても、新入生とはいえ武芸科の生徒を一般教養科の君があああも簡単《かんたん》にあしらうなんて、なにか武術の心得があるのかい？」

「嗜《たしな》み程度《ていど》です」

「ふむ……」

沈黙《ちんもく》する生徒会長に、レイフォンは再《ふたた》び緊張してきて唾《つば》を飲み込んだ。

「本当に嗜み程度なら、武芸科《ぶげいか》の入試レベルを少し高くしないといけないな」

入学式で起こった武芸科新入生の乱闘は、他の科の新入生たちにも伝播《でんぱ》しようとしていた。ツェルニには様々な生徒たちがやってくる。乱闘の中心となっていた生徒たち以外にも、気に入らない他国人はいるのだろう。険悪《けんあく》な空気が武芸科を中心に広がり、そしてそれは、他の科の生徒たちにも移《うつ》ろうとしていた。

一般教養科《いっぱんきょうようか》の列にも、乱闘の空気は流れ込もうとしていた。乱闘に近い場所にいた生徒たちが逃げ出した時のぶつかり合いが、血の気の多い男子生徒たちに火を点《つ》けたのだ。

収拾《しゅうしゅう》がつかなくなり始めたその時、一際《ひときわ》大きな音が大講堂《こうどう》を叩《たた》いた。

一瞬《いっしゅん》、辺りが静かになり、音の源《みなもと》を大勢の視線が求めた。

そこに、乱闘の原因《げんいん》であった二人の生徒が床《ゆか》に突《つ》っ伏《ぶ》した姿《すがた》と、その二人の間に立つレイフォンの姿があったのだった。

「たまたまにうまくいっただけです。二人ともが頭に血が上って、僕《ぼく》に気付いていなかったので」

「ふむふむ」

レイフォンの言い分に、カリアンは楽しそうに頷《うなず》くだけだった。笑っているが、目の奥《おく》は笑っていないように見えた。また、自分の中身を見られているような気分になる。

正直、良い気分ではない。

なにか、悪い場所に押《お》し込まれていきそうな、そういう圧力《あつりょく》を感じて、レイフォンはなんとか話を切り上げようと思った。

「僕に非《ひ》がないというのなら、このまま教室に戻《もど》りたいのですが」

「いや」

そのまま生徒会長に背を向けようとしたのだが、カリアンはそれを許《ゆる》さない。

短い否《ひ》定《てい》が、レイフォンの足を止めさせた。

「最初に言ったけれど、君を罰するつもりなんて最初からないんだよ。レイフォン・ヴォルフシュテイン・アルセイフ君」

名と姓《せい》の間に付け加えられた呼称《こしょう》に、レイフォンはあからさまに眉《まゆ》を曲げた。

「……なんのことでしょうか？」

「存《そん》ぜぬを通すつもりなのなら、それでも別にかまわないのだけれど。提案《ていあん》だ。レイフォン・アルセイフ君、一般教養科から武芸科に転科しないかい？」

「は？」

「幸いにも、武芸科の席が二つ空いてしまった。件《くだん》の二人なのだけれどね。他国の諍《いさか》いを学園に持ち込まない。入学前に誓約書《せいやくしょ》にサインさせたはずなのに、入学式の当日に誓約の言葉を忘れてしまうようでは、武人とは言えないのでね。乱闘事件《じけん》の責任《せきにん》と合わせて、退《たい》学《がく》ということになったよ。一応《いちおう》は依願《いがん》退学の形にはしてあげたけれどね」

「いや、ちょっと待ってください」

件の二人が退学になってしまった話など、レイフォンにはどうでもいい。

「僕は、そんなつもりはありません」

はっきりと言った。武芸科への転科……冗談《じょうだん》じゃないと思う。

「僕はここに、普通《ふつう》の勉学をするために来たんです」

「武芸科も一般教養は学ぶとも。いや、どの学科だって三年までは一般教養は選択《せんたく》しなければいけないからね。一般教養科とて三年後には専門《せんもん》分野を選択しなければならないのだし、学ぶことが違《ちが》うということはないよ」

「そういう問題ではないです」

「では、どういう問題なのかな？」

問われて、レイフォンはぐっと息を詰《つ》まらせた。

「……僕自身が、武芸科に興味《きょうみ》がありません」

「ふうむ、なるほど」

レイフォンの言葉に、カリアンは大仰《おおぎょう》に頷いてみせた。しかし、演技《えんぎ》だというのは丸見えだ。目は変わることなく、楽しそうに歪《ゆが》められていた。

「それに、僕は奨学金《しょうがくきん》の申請《しんせい》をしています。同じように就労《しゅうろう》学生の申請もしています。勉学以外の時間は働かなければいけませんし、武芸に体力を使っている余裕《よゆう》はありません」

「なるほど、正論《せいろん》だ」

口ばかりで、まるで通じた様子はない。

おもむろに、カリアンは机《つくえ》から一枚《まい》の書類を取り出した。

「ふむ、レイフォン・アルセイフ。Dランク奨学生。そして就労学生。就労先は機関部清《せい》掃《そう》か……なるほど、体力を使う仕事だ。それに時間もかかる。知っているかね？　機関部の清掃時間は都市の休眠《きゅうみん》時間である深夜から早朝までだ。多くの就労学生は機関部清掃を嫌《きら》う。力仕事な上に、この時間帯だ。納得《なっとく》いく。報酬《ほうしゅう》はいいが、きつい仕事だ。毎年、何人もの生徒が就労先の変更《へんこう》を申請してくるし、あるいは年度の審査《しんさ》試験に合格《ごうかく》できずに学園を去っていく。ましてや君の奨学金ランクはD、報酬のほとんどは学費に飛んでいくと考えるが？」

「ええ、その通りです」

「正直に言えば、それで六年間は、辛《つら》いよ？」

「体力には自信があります」

カリアンは笑《え》みを変えた、楽しそうというのには違いはないが、そこに好ましさのようなものが混《ま》じったように、レイフォンには見えた。

「まあ、その通りなのだろうね。体力には自信があるはずだよ。しかし、だからこそ、私は君に武芸科に転科してもらいたいと考えている」

「なぜです？」

「学園都市対抗《たいこう》の武芸大会は、知っているよね？」

「……いえ」

首を振《ふ》ったレイフォンに、しかしカリアンは失望する様子もなく説明した。

「簡単《かんたん》に言えば、二年ごとに訪《おとず》れる、アレだよ」

そう言われれば、レイフォンにも推測《すいそく》はできる。

「都市の習性《しゅうせい》というやつさ。昔の錬金術師《れんきんじゅつし》が何を考えたのか知らないが、都市は二年ごとに縄張《なわば》り争いを始める。さらに面白《おもしろ》いことに、同類にしか喧嘩《けんか》を売らないのだから……まったくよくできていると言うしかない」

都市同士の縄張り争いとはいうものの、実際《じっさい》に争うのはその上に住む人間たちだ。

「武芸大会なんて体裁《ていさい》の良い名前にはしているけれどね、実際には標準型都市で行われるものと同じ……戦争だよ」

戦争。その言葉に、レイフォンは表情《ひょうじょう》を険《けわ》しくした。

「もちろん、学生らしく健全《けんぜん》な戦いを目指してはいるさ。学園都市同盟《どうめい》がそこら辺は監督《かんとく》することになる。武器は非殺傷《ひさつしょう》を目指して、刀剣《とうけん》には刃引《はび》きがしてあるし、射撃系《しゃげきけい》の武器も麻痺弾《まひだん》しか許可《きょか》されてない。

しかし、戦争である以上、勝者に与《あた》えられるものと敗者が失うものは同じだよ。本当の戦争ほどに悲惨《ひさん》ではないけれどね。が、やがて来る結末としては同じものになるのかもしれない」

「都市の命……ですか？」

「そう」

カリアンが頷《うなず》く。

都市は、生きている。そして、生きるためには食べ物が必要となる。いや、機械にだって作動するためには動力源《げん》が必要だ。

都市の動力源……彼らの食べ物はセルニウムという名の金属《きんぞく》だ。

「セルニウムは大地の汚染《おせん》が始まってから生まれた金属だ。そのために比較《ひかく》的簡単に手に入りはする。簡単な話、そこら辺の地面を掘《ほ》れば出てはくるだろう。汚染獣《じゅう》のことを考えれば、危険《きけん》な話ではあるがね。だが、純度《じゅんど》を保《たも》とうとすればそれなりに良い鉱山《こうざん》というものを保有《ほゆう》しておかなければならない」

そして、戦争の勝者は相手の所有している鉱山を得、敗北すれば失うことになる。自らの住む大地がより長く栄《さか》えることとなると同時に、どこかの大地が寿命《じゅみょう》を縮《ちぢ》めてしまうことになる。

「ツェルニが保有していた鉱山は、私が入学した当初は三つだった。それが今ではたった一つだよ」

カリアンが嘆息《たんそく》する。

それはつまり、過去《かこ》二度の争いで敗北したということで、同じようにツェルニの武芸科のレベルが、近隣《きんりん》の都市と比べて低いということでもある。

「その鉱山も、後どれくらい高純度のセルニウムを埋蔵《まいぞう》しているかは、少し怪《あや》しいところだ。今度都市が立ち寄った時に錬金科に調査《ちょうさ》させるつもりではあるけれどね」

「つまり、次で負ければ、後はないと？」

「そういうことだよ。今期の武芸大会で一体何戦することになるのかは、都市次第《しだい》だが、一戦もしないということはありえない」

それで負ければ……想像《そうぞう》して、レイフォンは身震《みぶる》いした。

鉱山を全《すべ》て失ったとしても、すぐに都市が機能《きのう》を停止するということはないだろう。都市内に貯蓄《ちょちく》はあるのだろうし。

だが、それはほんのわずかな期間を先延《さきの》ばしにしたに過《す》ぎない。

都市が死ぬ。それは人の生きることのできる場所が、一つ失われるということだ。都市が死ねば、都市の浄化《じょうか》作用によって生かされている大地もまた、作物を実らせなくなるということだ。

都市の餓死《がし》は、すなわちそこに住む人々の餓死に繋《つな》がる。

それを想像して、レイフォンは寒気に震《ふる》えた。まだ来たばかりのこの学園が死ぬ。この学園自体に関《かか》わりが薄《うす》いとはいえ、それでも都市が死ぬことをレイフォンは恐《おそ》れた。

どんな人間でも小さな時に、自分たちの住んでいる場所が、実はとても不安定なものだと気付かされた時に、都市が突然《とつぜん》死んでしまうことを考えて、震えた経験《けいけん》はあるはずだ。

あの時の震えが現実になるかもしれないと言われれば、やはりレイフォンは子供《こども》の頃と同じように全身が震えそうになるのを感じてしまう。

しかし、それでも……

「僕は……」

戦うなんて……できない。

そう、言おうとした。

意を決し、沈《しず》みかけていた視線《しせん》を持ち上げて、執務机《しつむづくえ》からこちらを見る生徒会長にはっきりと言おうとしたのだ。

だけど、言えなかった。

生徒会長がレイフォンを見ている。

今までなんらかの笑みを浮かべていたというのに、それらを全て消し去って、感情のない、あまりにも平淡《へいたん》な表情で、瞳《ひとみ》にだけは露《あらわ》になった冷たさを宿して、視線でレイフォンを貫《つらぬ》いていた。

息を呑んだレイフォンに、カリアンは口を開いた。

「私は、今年で卒業することになる。そして、ここが学園都市である以上、卒業した後にこの都市にとどまることはないだろう。関係がなくなるといえば、そうとも言える。しかし、私はこの学園を愛しているんだ。愛しているものが……たとえ、二度とその土地を踏《ふ》むことがないかもしれないとしても、失われるのは悲しいことだと思わないかい？」

淡々《たんたん》と生徒会長は言った。

言い続ける。

「愛《いと》しいものを守ろうという気持ちは、ごく自然な感情だよ。そして、そのために手段《しゅだん》を問わぬというのも、愛に狂《くる》う者の運命《さだめ》だとは思わないかい？」

最後の部分で生徒会長は、ほんの少しだけ笑った。本当に、ほんの少しだ。ちょっとした冗談《じょうだん》を言ってみたとでもいわんばかりの笑い方だった。

「君の奨学金《しょうがくきん》のランクはAになる。学費は免除《めんじょ》ということになるね。君は自分の生活費を稼《かせ》ぐ程度《ていど》に働けばいい。なに、ファッションに拘《こだわ》らなければ、それほど出費がかかるというものでもないよ。無理に機関掃除《そうじ》をする必要はない。

いいね？」

頷《うなず》くなと理性《りせい》は言っている。

しかし、本能は頷けと叫んでいた。

そして、レイフォンはいつの間にか用意されていた武芸科の制服《せいふく》を片手《かたて》に、ふらふらと生徒会長室を出て行くことになるのだった。

†

弱々しく扉《とびら》が閉《し》められてから数分後、苛立《いらだ》たしげなノックの音が響《ひび》いた。

「どうぞ」

促《うなが》し、開かれた扉から現《あらわ》れたのは武芸科《ぶげい》の制服を着た少女だった。金髪《きんぱつ》をショートカットにした、意志の強そうな少女だ。

「失礼します」

整えられた太めの眉《まゆ》の下には鋭《するど》い瞳がある。その瞳が挑戦《ちょうせん》するかのように生徒会長に向けられた。こちらに近づいてくる度《たび》に剣帯《けんたい》がカチャカチャと鳴る。剣帯にかけられているのは剣ではなく、二つの棒状《ぼうじょう》のものだった。剣帯に入ったラインは三年生を示《しめ》している。

執務机の前に立った少女は直立して、生徒会長に相対した。

「武芸科三年、ニーナ・アントーク。呼《よ》ばれたと聞きましたが？」

「うん、呼んだよ」

カリアンはにっこりと笑って、視線を書類から笑わない少女に移《うつ》した。

「御用《ごよう》は？」

「隊員は揃《そろ》ったかい？」

前振《まえふ》りもない質問《しつもん》に、ニーナは眉を少しだけ歪《ゆが》めた。しかしすぐに姿勢《しせい》をただし、はっきりと答える。

「まだです」

「うん、そうだろうと思ったよ。申請《しんせい》書類を提出してから、今日まで隊員が揃ったという報告《ほうこく》がなかったからね。入学式も終わったし、そろそろ隊員の名簿《めいぼ》を提出してもらわないと、次の学内対抗戦には出場できないよ？　そうなれば、君たちは次の武芸大会では末端《まったん》の兵士ということになる」

「失礼ですが生徒会長。入学式は延期《えんき》になったのではないのですか？」

「スケジュールが押《お》してるんだ。大講堂《こうどう》に集まってからのやり直しは、残念ながら行われない。今年は武芸大会があるから、いろいろと忙《いそが》しいんだよ」

生徒会長のその言葉に、ニーナはむっと押し黙《だま》った。

「ただの入学式よりは、新入生を観察できたと思うのだけど？　どうだったかな？」

「これといった者は見当たりませんでしたね。場の雰囲気《ふんいき》に流されすぎです。戦場では何が起こるかわからない。混乱《こんらん》するのではなく、冷静に状況《じょうきょう》を観察できる目がある者が欲《ほ》しかったのですが」

今日の乱闘《らんとう》事件《じけん》で、ニーナは在校生《ざいこうせい》側から新入生の乱闘事件を見ていた。武芸科の新入生の誰《だれ》もが件《くだん》の二人が起こした喧嘩《けんか》の雰囲気に呑《の》まれてしまって、自分たちも暴《あば》れたそうな顔をしていた。

あれでは、敵《てき》に攪乱《かくらん》された時に自滅《じめつ》してしまうだけだ。

「本当に、一人も使えそうなのはいなかった？」

そう言われると、ニーナは即答《そくとう》を避《さ》けた。戸惑《とまど》うように視線《しせん》がわずかに上下する。

「いえ……」

わずかな逡巡《しゅんじゅん》の間に浮かんだのは、一人の新入生だ。件の二人をあっという間にのしてしまった新入生。混乱の中心を鎮圧《ちんあつ》することで、これ以上の雰囲気の伝播《でんぱ》を防《ふせ》ぐ。それと同時に、派手《はで》に演出《えんしゅつ》することですでに伝播してしまった者たちを威嚇《いかく》する。的確《てきかく》な対応《たいおう》であったと思う。

しかし……

「彼は一般《いっぱん》教養科です」

新入生が着ていたのは一般教養科のものだった。それでは武芸大会には参加できない。

しかし、生徒会長は楽しそうに笑うのみだった。

「そうだったね。あの時までは」

「……どういうことです？」

「ついさっき、武芸科に転科してもらった」

その言葉に、ニーナはあからさまに呆《あき》れた顔をした。

「人的資源《しげん》を無駄遣《むだづか》いするのは忍《しの》びないじゃないか」

「個人《こじん》の意思は無視ですか？」

「無視はしていないよ。最大限《さいだいげん》、こちらは誠意《せいい》をもって対応した。それに彼は満足しているはずだよ」

「本当にそうでしょうか？」

生徒会長の強引《ごういん》さはニーナもよく知っている。前回の武芸大会の後にあった生徒会長選挙で、それまではまるで生徒たちの間で候補《こうほ》に挙がることすらなかったカリアンは、華々《はなばな》しく立候補するとともに、裏側《うらがわ》では類稀《たぐいまれ》な情報戦を演じて対立候補たちを失脚《しっきゃく》させていったのだった。

「真実なんてどうでもいいことだよ。彼は武芸科に転科した。その事実を君がどうするか？　私が答えを求めているのはその部分だけだ。

どうするんだい？　このまま規定《きてい》人数を揃えられずに小隊成立《せいりつ》ならず、末端の兵士となって前回のような屈辱《くつじょく》を味わうつもりかい？」

執務机《しつむづくえ》から見上げてくるカリアンに、ニーナはぐっと歯を噛《か》み締《し》めた。

「そんなことにするつもりは、ありません」

「ならば君はどうするべきか？　答えはもう決まっていると思うのだけどね」

カリアンは黙って、机の上に一枚《まい》の書類を滑《すべ》らせニーナの視界に入れた。それは「レイフォン・アルセイフ」と書かれた履歴書《りれきしょ》だった。切り抜《ぬ》かれたモノクロの顔写真。書類の上にはなんとも空白の目立つ、箇条《かじょう》書きされた履歴があるだけだった。

それでも、ニーナにとって必要な情報はそこに記載《きさい》されている。

「失礼します」

ニーナはそれを一瞥《いちべつ》すると、そのままカリアンに背《せ》を向けた。返事も言わないままに部屋を出て行くニーナの背に、カリアンは微笑《びしょう》を浮《う》かべる。

またも一人になった部屋で、カリアンは新たな書類を取り出して机上《きじょう》に並《なら》べた。レイフォンのものと同じ履歴書だった。ニーナ・アントークの名前もそこにある。

全部で五枚。机上に並んだ履歴書を並べて、カリアンは笑みを収《おさ》めた。

「さて、うまくいけば最強の部隊ができあがると思うが、問題はどう転がっていくか……だね」

特に楽しそうな様子もなく、カリアンは淡々《たんたん》とそう呟《つぶや》いた。

†

途中《とちゅう》で見つけた保健室《ほけんしつ》で、レイフォンはこそこそと新しい制服《せいふく》に着替《きが》えた。一般教養科ではなくなった以上、いつまでもこれを着ていては身分詐称《さしょう》になると生徒会長に脅《おど》かされたからだ。

脱《ぬ》いだ制服を片手に、鞄《かばん》を取りに教室に向かった。

着慣れていなかった制服からさらに着慣れていない制服へ……着慣れていないということでは共通しているものの、なんとも奇妙《きみよう》な感覚だった。

しかも、制服はレイフォンの体形にぴったりと合っている。

「くそ、絶対《ぜったい》にたくらまれていた」

廊下《ろうか》を歩きながら、レイフォンは思わず毒づいた。レイフォンの体格《たいかく》はこの年齢《ねんれい》の男子の中でごく標準的《ひようじゆんてき》な身長であり、体重なのだが、右の腕《うで》が左よりもわずかに長いのだ。一般教養科の制服はその部分をきちんと直してもらっていたが、急場で用意されたはずの武《ぶ》芸《げい》科の制服でもそうなのはどういうことか？

つまりはそういうことだ。

「なんで……僕《ぼく》のことが知られてしまってるんだ？」

暗鬱《あんうつ》な気分で廊下を歩く。こういうのとは関《かか》わりのない世界を求めてツェルニの一般教養科に来たはずなのに、来てみればその日のうちにこっちの世界に足を踏《ふ》み込んでしまっている。

「ああもう、なんで断《ことわ》れなかったんだ僕は、弱虫……弱虫！」

廊下を歩きながらレイフォンは叫《さけ》んだ。入学式だけの今日は、すでに校舎《こうしゃ》の中に人の姿《すがた》はない。人気のない廊下でレイフォンは心置きなく声を上げていた。

「ていうか、あの生徒会長、怖《こわ》い。怖すぎ！　なにあの目、マジ怖かった。逆《さか》らえないってあんなの」

精一杯《せいいっぱい》に弱音を吐《は》いて、レイフォンは廊下を進み、自分の教室へと辿《たど》り着いた。ああ、そういえば武芸科に転科したってことは教室も替わるのだろうか？　しかし生徒会長はそんなこと一言も言ってなかったっけ？　どうなるんだろう？　そんなことを考えながら教室の引き戸を開ける。

引き戸はガラガラと音を立てて開き、教室の中の光景がレイフォンの視界に映《うつ》る。

「あっ」

そんな声をかけられた。

教室の中には、まだ生徒の姿があった。

「あ〜〜〜ほらほら、やっぱり武芸科の人だったんじゃない。イエーイ、わたしの勝ち、ラッキラッキー！」

レイフォンの姿を見るなり、女生徒の一人がピョンピョンと跳《は》ねる。二つにくくった明るい栗色《くりいろ》の髪《かみ》がその度《たび》にふわふわと揺《ゆ》れた。

教室にいたのは三人の女生徒だった。

　三人の好奇《こうき》の視線が、レイフォンに思い切り叩《たた》き付けられる。レイフォンは入りかけた足を思わず止めて、その場に硬直《こうちょく》してしまった。

「なんでだ、一般教養科だったじゃないか、制服が。そんなのってなんかずるいぞ」

　そう言って唇《くちびる》を尖《とが》らせたのは赤い髪の女生徒。レイフォンと同じ武芸科の制服を着ていた。レイフォンと同じように、武器の吊《つ》られていない剣帯《けんたい》が腰《こし》で揺れている。

「あたしは一般教養科の制服なんて持ってないんだぞ。なぁ、君、どういうことだ？」

　責《せ》めるように、レイフォンに詰め寄ってくる。

「いや、これにはちょっとした事情が……」

「それともなにかい？　あたしは可愛《かわい》くないから、一般教養科の可愛い制服はくれないっていうのか？　そういうことなのか」

　いきなりそんなことを言われても困《こま》る。確《たし》かに目の前の女生徒は可愛いというよりもかっこいいという感じで、一般教養科の可愛くデザインされた制服よりは武芸科の鋭角《えいかく》的なデザインの方が似合《にあ》うだろうとは思う。実際《じっさい》に似合っているし。

　しかし、目の前の少女は、それがひどく不満な様子だ。

「ちょっとナッキ、落ち着きなって。メイっちが困ってるじゃん」

　ツインテールの少女のとりなしで、赤毛の少女は思い出したように言葉を止めると、横に避《よ》けてもう一人の女生徒に道を開けた。

「ああ、そだった。メイシェン、ほら」

赤毛の少女は片手《かたて》でその子の背《せ》を押して、レイフォンの前に移動《いどう》させた。

肩を越えた長い髪の、おとなしげな少女だった。俯《うつむ》き加減《かげん》で、おどおどとしている。今にも泣きそうな眉、上目づかいにこちらを見る大きな瞳《ひとみ》の下、頰《ほお》の辺りがかすかに赤らんでいた。

「あの、ありがとう……ございました」

それだけを言うのが精一杯という様子で、黒髪の少女は顔を真っ赤にして赤毛の少女の背中に隠《かく》れてしまった。

「悪いね、こいつは昔から人見知りが激《はげ》しいんだ」

「それでも、入学式でたすけてくれたからお礼をしたいって。ねぇ？」

ツインテールの子に言われて、黒髪の少女はさらに赤毛の少女の背中に顔を押し付けてしまった。

レイフォンにはまるで覚えがなかった。が、並んでいた列になだれ込もうとした人の波を掻《か》き分けたのは覚えている。たぶん、その時にたすけたのだろう。それぐらいの推測《すいそく》しかできなかった。

赤毛の少女が呆《あき》れた吐息《といき》を零《こぼ》す。

「まったくこの子は……自己紹介《じこしょうかい》がまだだったね。あたしはナルキ・ゲルニ。武芸科だ」

「で、わたしはミィフィ・ロッテン。で、こっちのかくれんぼしてるのがメイシェン・トリンデン。わたしたち二人は一般《いっぱん》教養科ね。で、あなたのクラスメート。三人ともヨルテムから来たの。交通都市ヨルテム。知ってる？」

「知ってる。放浪《ほうろう》バスの中心地だ。ここに来る前に立ち寄ったよ。僕はレイフォン・アルセイフ。槍殻《そうかく》都市グレンダンの出身だ」

「わお、武芸の本場ね。だからあんなに強かったんだ」

「いや、そういうわけじゃあ……」

口ごもり、どう説明したものかと言葉を探《さが》していると……

「ねえ、こんなところで立ち話もなんじゃない？　お腹空《なかす》いたし。どっか美味《おい》しいもの探ししよ」

「またか。おまえはここでもマップを作るつもりか？」

「当たり前じゃない。美味しいものマップ、オシャレマップ、勢力《せいりょく》マップ……作れるものはなんでも作るわよ。六年もあるんだから、作らなきゃ損じゃないの。あ、情報集めがわたしの趣味《しゅみ》だから。なんか知らないことがあったらわたしに聞いてね。わかんなくても、

「まあ、腹《へ》が減ったのは確《たし》かだしな。……おまえにはまだまだ聞きたいことがあるしな、絶対《ぜったい》に調べてきてあげるから」

その小脇《こわき》に抱《かか》えているもののこととか」

ナルキの視線《しせん》が、ギラリとレイフォンの片手にある一般教養科の制服に向けられた。

口を挟《はさ》む暇《ひま》もなく、次の行動が決められてしまった。

「いや、でも……ほら、メイシェンに迷惑《めいわく》じゃあ。彼女、人見知りするって言ってたし」

「……大丈夫《だいじょうぶ》です」

ナルキの陰《かげ》で、メイシェンがポツリと呟《つぶや》いた。

「はい、決まり」

そういうことになった。

そして場所は変わり、すぐ近くにあった喫茶店《きっさてん》。レンガ造《づく》りの落ち着いた雰囲気《ふんいき》のある喫茶店は、ランチタイムを過《す》ぎたことでテーブルに客の姿はほとんどなかった。なんとかぎりぎりでランチタイムにありつくことができた。食事の間に、三人には武芸科に転科した——させられたのだけれど、それは言わなかった——ことを語った。

今はデザートを食べている。

レイフォンだけは、デザートは断《ことわ》ってジュースを飲んでいた。

「やあ、学園都市っていうぐらいだから、来るまで学生食堂しかないかもって心配してたけど、そんなことなくてよかった」

味に満足したのか嬉《うれ》しそうに言って、ミィフィはケーキを頬張《ほおば》っている。

「マップの作り甲斐《がい》がありそう」

「学生のみの都市運営《うんえい》ってどんなものかと思ってたが、しっかりとしてるんだな」

ナルキも感心した様子だ。

実際《じっさい》、寮《りょう》から校舎に行くまでの間にいくつもの店が並んでいた。学園都市というだけあって、授業時間《じゅぎょうじかん》中には開店していない店がほとんどのようだが、それでも授業時間が過ぎれば店は活気に満ち始める。商業や経営を選択《せんたく》した上級一般教養科の生徒たちが各店舗《てんぽ》を統括《とうかつ》し、そこに他の学生たちが店員として働く形で成り立っているようだ。

ここの料理も調理を選択した一般上級学生がコックを務《つと》めているという。

「警察《けいさつ》機関も、裁判所《さいばんしょ》もあるみたいだしな。そうだな、警察に就労届《しゅうろうとど》けを出してみようかな？」

「ナッキは警官になるのが夢《ゆめ》だもんねぇ」

「ああ」

「わたしは、新聞社かなぁ。出版関係もあるみたいだから、情報系の雑誌《ざっし》作ってるところ探してみようかな？　メイっちはどうする？」

「……お菓子《かし》、作ってるとこ」

「やっぱり？　じゃあ、美味しいところ探さないとねぇ。あ〜でもお菓子食べ歩き……太らないように気を付けないと」

「おまえは体温高いから大丈夫だろ」

「ぬあ、なによそれ。ナッキだっていっつも運動しまくってるから汗《あせ》かきまくりじゃん。汗くさ〜」

「ふん、これが青春の匂《にお》いだ」

「うわ、わけわかんない」

会話がまるで風船のように膨《ふく》れていくのを、レイフォンは疎外《そがい》感たっぷりに眺《なが》めていた。

しかも、三人ともが同じ都市の出身で、話を聞いている限《かぎ》りではここに来る前からの知り合いのようだ。仲のいい女の子同士の連携《れんけい》のような会話の勢いに弾《はじ》かれて、レイフォンはちびちびとジュースを飲んでいた。

と、ミィフィが、不意にレイフォンに話を向けてきた。

「そういや、レイとんはなんか就労するわけ？」

「……レイとん？」

いきなりの不可思議な呼び名に、レイフォンは口の中にあったジュースを飲まずに口を開いて、危《あや》うく零《こぼ》しそうになった。

「そ、レイとん。呼びやすいよね？」

ミィフィが楽しそうに同意を求めてくる。

「ナッキ、メイっち、レイとん、で、わたしがミィちゃんなわけ。オーケー？」

「おまえ一人がなんの捻《ひね》りもないな。いや、あたしのそれも捻った感じがあるわけではないけどな」

「自分の呼び名なんか考えてもつまんないもんね。それになんか、『ミィっちって呼んでね♪』とか自分で言ってたら気持ち悪くない？」

「気持ち悪いな。すくなくとも、あたしは友達になりたくないタイプだ」

「でしょ。ならオーケーじゃん。というわけで、レイとんはレイとんに決定なわけ」

「仕方ない。ではこれからもよろしくな、レイとん」

「そそ、レイとん、レイとん♪」

「……レイとん」

メイシェンにまでそう呼ばれて、レイフォンはなんだか、遠い場所に来たような気分になった。ここはどこだ？　僕《ぼく》は一体、どこの異空間《い》に迷《まよ》い込《こ》んでしまったんだ？

今までの女友達で、レイフォンにそんな呼び名をつける者はいなかった。一番親しいリーリンにしても、名前そのままで呼んでいた。呼ばれて、せいぜいが『レイ』だった。

レイとん……未知の呼び名に、レイフォンはただただ言葉を失うのみだった。

「で、レイとんはなにか就労するわけ？」

話が元に戻《もど》り、レイフォンはとりあえず――解決《かいけつ》の見込みなどまるで見当たらないけれど――答えることにした。

と、一瞬《いっしゅん》、言葉に詰まる。

そういえば、奨学金のランクが変化したから、きつい機関掃除《そうじ》の仕事はしなくてもいいと言われていたんだった。

「もしかして、就労しなくてもいいとか？」

「いや、するよ」

レイフォンはすぐに首を振《ふ》った。

「機関掃除をする」

それを聞いて、三人ともが一気にうわっと顔をしかめた。

「なんでまた、よりによって一番しんどい仕事を？」

「武芸科は体力を使うと聞いているぞ。そんなところで生活リズムを崩《くず》して、大丈夫なのか？」

「……しんどい、よ？」

三人ともに心配顔をされて、レイフォンは思わず苦笑《くしょう》してしまった。

しんどいことはレイフォンにだって理解できた。だが、本能《ほんのう》的に生徒会長の厚意《こうい》（？）に完全に甘《あま》えることは危険《きけん》なことだとも感じてしまっていた。なにかの間違《まちが》いで対立するようなことがあって、奨学金を帳消しにされてしまった時に、お金がなくては話にならない。

しかしまさか、そんな事情《じじょう》は三人に話すことでもない。

「ん。でも仕方ないよ。僕は孤児《こじ》だからね。奨学金以外に頼《たよ》るものがない」

ごく自然にさらっと言ってみせたつもりだった。

しかし、そんなものでごまかせるはずもなく、三人は『孤児』の単語にぎょっと目を剝《む》き、それから気まずげに視線をさまよわせた。

「あ〜そか、ごめんね、がんばれ」

「うん、あたしにできることなら手伝うからな」

「……わたしも」

「いや、そんな……気を遣《つか》わなくてもいいから」

そんな態度《たいど》は逆《ぎゃく》に困《こま》る。

「別にこれといって辛《つら》いと思ったことはないから、同情されると逆に困るよ」

そうは言っても、ミィフィとメイシェンは困った様子で視線を交《か》わしている。すぐにわかれというのも無理な話なのはこれまでの経験《けいけん》でわかっているので、どうとも思わなかった。

「よしわかった。気にしない」

逆に、ナルキがすぐにそうやって頷《うなず》いたことに驚《おどろ》いたぐらいだ。

「ん？　どうした？　気を遣うなと言ったのはおまえの方だろう？」

「いや、うん、そうなんだけどね」

それが言葉だけのことではないのはナルキの態度を見ればわかる。レイフォンは戸惑って頷き、そして思わず笑ってしまった。

「なんだ？」

「いや、姉御《あねご》だなぁと思って」

「なんだそれは？」

ナルキは顔をしかめたが、ミィフィは同調してきた。

「あ、わかるわかる。ナッキって姉御肌《はだ》だよね。こう、びしっと締《し》めるところとか」

「……女の子にも好かれてるもんね」

「そうそう、プレゼントとかラブレターとか、たくさんもらってた」

「あれは、困るな。どう対処《たいしょ》していいのか、いまだにわからん」

まじめくさってそう言うのに、レイフォンはまた笑った。

(なんか、いい感じのスタートだな)

笑いながら、レイフォンはそう思った。入学式からのドタバタでせっかくの学園生活が、レイフォンの再《さい》スタートがつまずいたような気になっていたのだが、それをうまく立て直せたような気がした。

「あの……すいません」

笑って無駄話を続けていると、不意にその声がかかった。

声の主を見て、全員が息を呑《の》んだ。

テーブルのすぐ側《そば》に、一人の少女がいた。腰《こし》まで届《とど》きそうな長い白銀《しろがね》の髪《かみ》が、喫茶店《きっさてん》の照明をはね散《ち》らして輝《かがや》くようだ。色素《しきそ》が抜《ぬ》けたような白い肌、尖《とが》るような顎先《あごさき》と、襟《えり》から覗《のぞ》く細い首筋《くびすじ》と胸元《むなもと》が危《あや》うい魅力《みりょく》を醸《かも》し出している。伏《ふ》し目がちの銀の瞳《ひとみ》の上では長い睫《まつげ》が揺《ゆ》れていた。

人形のようにきれいな少女だ。

武芸科の制服を着ていることに、しばらくは全員が気付かなかった。

最初に気付いたのは、ナルキだった。

「これは先輩《せんぱい》。なにか御用でしょうか？」

ナルキの言葉で、レイフォンも剣帯にあるラインの色が自分とは違うことに気付いた。

剣帯には細い棒状《ぼうじょう》のものが吊《つ》り下げられている。

「レイフォン・アルセイフさんは、あなたですね？」

銀の瞳がレイフォンを捉《とら》えた。

「あ、はい」

「用があります。一緒《いっしょ》に来ていただけますか？」

「……はい」

逆《さか》らう気になれない、不思議な性質《せいしつ》がその声にはあった。ごく自然に、レイフォンは立ち上がっていた。

少女はそのまま背を向けて、喫茶店の外に向かおうとする。レイフォンはそのまま付いて行こうとして、はっと我《われ》に返ると席に戻った。鞄《かばん》を取り、ポケットから財布《さいふ》を取り出すと代金をテーブルに置く。

「ごめん、行ってくる」

「了解《りょうかい》した。行ってこい」

いまだにぽかんとした二人に代わって、ナルキが頷く。

「うん。でも、なにがなんだか……」

そう言って、レイフォンは無言で喫茶店を出て行った少女を追いかけた。

レイフォンが飛び出し、喫茶店のドアに取り付けられていたベルがカラカラと鳴る。なにがなんだかわからないと首を傾《かし》げているレイフォンの姿を思い出して、ナルキは苦笑《くしよう》した。

「な、なにがなんだったの？」

我に返ったミィフィがそう呟《つぶや》く。

「華々《はなばな》しい学園デビューだったからな。目を付けられたんだろ」

さっぱりとした口調で言うナルキに、ミィフィもメイシェンも合点《がてん》がいかなかったらしく、頭の上に「？」を浮かべた顔でナルキを見た。

「あの先輩、胸《むね》ポケットのところにバッジを付けてたろ？」

「え、そうだった？」

ミフィが首を傾《かし》げる。

「……銀色の丸いの？」

「そう」

メイシェンはちゃんと見ていたらしい。

「……十七って数字があった」

「あれは武芸科《ぶげいか》の中でも、小隊所属者《しょぞくしゃ》にだけ与《あた》えられる特別なバッジなのさ」

「小隊……ってなに？」

「簡単《かんたん》に言えば、武芸科の中での幹部《かんぶ》候補《こうほ》かな？　スキルマスターって意味合いでもあるけれど」

「ふう……ん？」

よくわかっていないという二人に、ナルキは詳《くわ》しく説明した。

「武芸大会での部隊分けされた時の、中心になる核《かく》部隊のことだよ。司令部の下に小隊……そん時は指揮《しき》隊って呼《よ》ばれることになるんだが、その指揮隊がさらに下にある大隊、指揮隊に所属してない一般武芸科の生徒だな、あたしみたいな……を配下に置くことになるのさ」

「へぇ、もしそうなら、大出世じゃん」

ミィフィは手を打って素直《すなお》に喜んだ。

「だけど、そう甘《あま》くもないよ」

「なんで？」

「言ったろ？　スキルマスターの意味合いもあるって。小隊に所属する生徒はなにがしかの能力《のうりょく》で突出《とっしゅつ》してないといけない。指揮能力とか、剄《けい》とか、念威《ねんい》操作《そうさ》とか、まあ普通《ふつう》に武器とか。それら個々《ここ》のスキルと同時に、チームとしての総合《そうごう》能力も問われる。自分たちが小隊に所属するに相応《ふさわ》しいスキルを有しているか、問われるんだ。問われるっていうんだから、小隊内での序列《じょれつ》争いもある。それが学内対抗《たいこう》戦。学内対抗戦でランキングを争って、成績《せいせき》が悪ければ最悪小隊は解散。幹部候補から一般生徒に逆戻り。武人っていうのは基本《きほん》的にプライドが高い生き物だから、解散して一般生徒に逆戻りして周りから転落とか言われて……そんなことに耐《た》えられるわけがない。ハードな学生生活になるってことさ」

そこまで言って、ナルキはレイフォンの出て行ったドアを見た。新しい客が来ることもなく、ドアのベルは沈黙《ちんもく》を続けている。

「……レイとん、機関掃除《そうじ》もするとか言ってた」

ポツリとしたメイシェンの言葉で、ミィフィがあっと声を上げる。

「うわ、マジハード！　レイとん大丈夫《だいじょうぶ》かな？」

「まあ、うまくやるんじゃないのかな？」

ナルキはそれだけを言い、ケーキの最後の一かけらを紅茶《こうちゃ》で流し込んだ。

†

喫茶店でナルキが二人に説明していたようなことを、レイフォンは金髪《きんぱつ》の怖《こわ》い少女から聞いていた。

銀髪の美少女に連れて行かれた先は、レイフォンたち一年校舎《こうしゃ》よりもさらに奥《おく》まった場所にある、少し古びた感のある会館だった。

その一室に案内されるなり、金髪の怖い少女に出迎《でむか》えられたのだ。

「わたしはニーナ・アントーク。第十七小隊の隊長を務《つと》めている」

硬《かた》い声でそう名乗った。

広いはずの会場は大きな壁《かべ》によって仕切られていて、レイフォンが今いる場所は、教室二つ分ほどのスペースしかなかった。壁には種々様々な武器《ぶき》が並《なら》べられている。

そこに、レイフォンを含《ふく》めて五人の人間がいた。

まず、レイフォンの前に立っているニーナ・アントークと名乗った少女。そしてレイフォンをここに案内するなり、そそくさと教室の隅《すみ》に移動《いどう》してしまった銀髪の美少女。

残り二人は男だ。身長の高い、気だるげに隅《すみ》に寝転《ねころ》がっている男と、機械油と触媒液《しょくばいえき》で緑と黒の斑《まだら》になったツナギを着た男。

状況《じょうきょう》がよくわからないままに視線を泳がせていたレイフォンに、ニーナは小隊の説明をしていた。

それを、聞くともなく、聞く。

「わかったか？」

「あ、はい」

視線をニーナに戻《もど》して、レイフォンは空返事をした。

「あの、それで、僕がどうしてここに呼ばれたのですか？」

ここにいる連中が、チーム分けされた幹部候補生だということはわかった。

しかし、わかったのはそこだけだ。

どうしてレイフォンがここにいるのか、その説明をニーナはしていない。

ニーナの片眉《かたまゆ》が引きつるように震《ふる》えた。

「いえ、ここにいる人たちがエリートだというのは、さきほどの説明で十分にわかりました。でも、だったら……だからこそ一年の僕《ぼく》がここに呼ばれる理由がわかりません」

慌《あわ》ててレイフォンはとりなす。ニーナが一度開いた口を閉《と》じ、深呼吸《しんこきゅう》するように肩《かた》を上下させると、改めて言葉を紡《つむ》ごうと口を開く。

だが、それよりも早く。

「ぶはははははははははははははは」

寝転がっていた長身の男が腹《はら》を抱《かか》えて笑い出した。

「シャーニッド先輩《せんぱい》！」

再び口を閉じたニーナは肩を震わせて長身の名を大声で呼んだ。

「ぎゃはは！　は〜ひぃひぃ……ああ、腹が痛《いた》い。ニーナ、おまえが悪い。もって回った言い方なんかするから、そこの新入生にとぼけられるような隙《すき》を作っちまうんだ」

「ぐっ」

シャーニッドに言われて、ニーナは歯を噛《か》み締《し》めた。

「よっ、と」シャーニッドが勢《いきお》いをつけて起き上がる。軽薄《けいはく》そうな眦《まなじり》のたれた目が、レイフォンを見下ろした。

「俺《おれ》の名前はシャーニッド・エリプトン。四年だ。ここでは狙《そ》撃手《げきしゅ》を担当《たんとう》している」

「はあ、どうも」

「で、我《われ》らが隊長殿《どの》に代わって、単刀直入に言わせてもらうとだな、レイフォン・アルセイフ、おまえをスカウトするために呼んだわけ」

「はっ？」

「おおっと、とぼけるのはなしだ。入学式の立ち回りはここにいる全員が見てるんだ。新入生だから実力が足りませんなんて言い分は通用しない。おまえさんの実力は、もう証明《しょうめい》されてるんだ。で、俺たちは小隊にスカウトするに十分な実力を有していると評価《ひょうか》した」

そこまで言って、シャーニッドは意味ありげにニーナを見た。

こほんと咳払《せきばら》いを一つ。ニーナが改めてレイフォンの前に立つ。

「レイフォン・アルセイフ。わたしは貴様《きさま》を第十七小隊の隊員に任命《にんめい》する。拒否《きょひ》は許《ゆる》されん。これはすでに、生徒会長の承認《しょうにん》を得た、正式な申し出だからだ。なにより、武芸科に在籍《ざいせき》する者が、小隊在籍の栄誉《えいよ》を拒否するなどという軟弱《なんじゃく》な行為《こうい》を許すはずがない」

断定《だんてい》だった。逃《に》げ場などないと、ニーナは切って捨《す》てるように言い放つ。

「そして、今これから、貴様が我《わ》が隊においてどのポジションが相応《ふさわ》しいか、その試験を行う」

言うと、ニーナは剣帯に吊るしていた二つの棒を抜き放った。両手に構《かま》え、右手に摑《つか》んだ棒をレイフォンに突き付ける。

「さあ、好きな武器を取れ！」

ニーナの真剣《しんけん》な瞳《ひとみ》に呑《の》まれ、レイフォンは壁に立てかけられた武器たちに目をやった。

Aランク奨学金《しょうがくきん》……学費全額免除《ぜんがくめんじょ》の対価は、ひどく高そうだった。

02　学生生活

元気かい？　こちらは元気にやっているよ。

新しい学校はどうですか？　友人はできましたか？　新しい出会いというのは新鮮《しんせん》なものだなと、こちらは痛感《つうかん》している毎日です。側《そば》にいる人たちが違《ちが》うだけで、同じような生活でも、ここまで違うものなのかと驚《おどろ》くやら呆《あき》れるやらです。

新生活は新鮮です。だからこそなのか、新鮮すぎて昔のことをよく思い出します。稽古《けいこ》を受けていた日々のことを最近は思い出したりします。

昔と呼《よ》ぶにはまだ早すぎるのだろうけれど、でもあれは、僕にはもう取り返せない日々なのだろうから、やはり昔なのだろうと、そう考えることにしました。

新しい生活で、僕は新しい人生をスタートさせています。その出発は多少の躓《つまず》きはあったけれど、うまくいっていると思っています。

友人もできました。よくしてくれる先輩《せんぱい》もいます。

そちらはどうですか？　君のことだからなんの心配もいらないとは思う。僕なんかよりもずっと、人付き合いのうまい君ならば、僕なんかよりもたくさんの友達ができていると思う。

そうそう、学生就労《しゅうろう》しているのですが、僕は機関掃除《そうじ》の仕事をしています。とても大変な仕事だけれど、やってみると意外に面白《おもしろ》いです。都市の本体を初めて見ました。まさかあんなだとは思わなかったです。もしかしてグレンダンの本体もあんななのかな？　それとも、グレンダンならば……想像《そうぞう》してみると面白いね。

ここまで読んで、君がなんのことかわからないと腹《はら》を立てているのが想像できるよ。でも教えてあげない。怒《おこ》っているね。知りたいのなら、再会《さいかい》した時に教えてあげるよ。

グレンダンではないどこかの場所で、君と僕とがもう一度出会えることを祈《いの》って。

親愛なるリーリン・マーフェスへ

レイフォン・アルセイフ

†

壁《かべ》にかけてある武器《ぶき》から、レイフォンは剣《けん》を選んだ。刀身の長い、広刃の形をした剣だ。

「簡易模擬《かんいもぎ》剣だから、パラメーターの変更《へんこう》はできないよ。それでいいの？」

ツナギを着た少年が、そう声をかけてきた。レイフォンは無言で頷《うなず》く。

「君の体格《たいかく》だと、バランスが悪いと思うんだけどな〜」

不満そうに、ツナギの少年がそう言っているが、レイフォンは耳を貸《か》さず握《にぎ》りの具合を確《たし》かめた。

「ハーレイ。あいつがあれがいいって言ってんだから、余計《よけい》なお世話ってもんだ」

シャーニッドの軽薄《けいはく》な声がハーレイを制《せい》した。それでも、ハーレイは小声でなにかをぶつぶつと言っている。

手にした剣を片手《かたて》で振《ふ》り回してみる。剣先にかかる勢《いきお》いが体を軽く引っ張《ぱ》る。それに合わせて、レイフォンは仕切られた会館の中を——小隊の訓練場を——移動《いどう》した。

「体は温まったかな？」

レイフォンが動きを止めたところで、ニーナが訊《たず》ねてくる。レイフォンはやはり、無言で頷いた。

「そうか、なら……」

「レストレーション」ニーナが小さくそう呟《つぶや》いた。途端《とたん》、彼女の手にした二本の棒《ぼう》に変化が起こる。膨《ふく》らみが増《ま》し、光を吸《す》い取るようなつや消しの黒が、天井《てんじょう》の光をはね返すようになった。握り部分がニーナの手に合わせて最適化《さいてきか》する。打撃《だげき》部分に環状《かんじょう》の膨らみがいくつも生まれた。ニーナの両腕《りょううで》がだらりと下がる。

さきほどまでと、重量感がまるで違った。

それは鉄鞭《てつべん》と呼ばれる武器だった。

音声信号による、錬金鋼《ダイト》の記憶復元《きおくふくげん》による形質《けいしつ》変化。錬金学によって生み出された合金は、重量までをも復元してみせる。

「わたしは本気で行くぞ」

空気を引きちぎるような音をさせて、ニーナが右手の鉄鞭を振るった。鉄鞭の先はレイフォンの額《ひたい》に向かって突《つ》き出されている。

チリチリとした幻痛《げんつう》を額に感じつつ、レイフォンはあくまでも無言のまま頷いた。

剣を構《かま》える。

いきなりだ。

間の計り合いもなにもなく、いきなりニーナが飛び込《こ》んできた。

右手の鉄鞭がそのままに突き出される。胸《むね》を狙《ねら》った一撃《いちげき》を、レイフォンは身をひねってかわした。左手の鉄鞭が隙《すき》を見せた背中《せなか》めがけて振られた。しかしそれを、レイフォンは剣を背に回して受け止める。無理な体勢《たいせい》での受けは力も入らない上に、場合によっては腕の関節が外れてしまう。剣全体を震《ふる》わせる重い衝撃《しょうげき》を、レイフォンは外側に流すようにしつつ、握りを緩《ゆる》めて剣の腹《はら》で自分の背中を叩《たた》かせる。その勢《いきお》いに逆《さか》らわないままに体を回転させて、鉄鞭の双牙《そうが》から脱出《だっしゅつ》した。

距離《きょり》を取って、仕切り直す。

短い口笛の音が聞こえた。

「ははっ、ニーナの初撃を受けきった奴《やつ》なんて初めて見た」

シャーニッドの声が耳に届《とど》く。しかしレイフォンの目には、ニーナがそのことに何も感じていないように見えた。獲物《えもの》を定めた鋭《するど》い肉食獣《にくしょくじゅう》の瞳《ひとみ》が、レイフォンを放さない。

今度は慎重《しんちょう》に、ニーナは間合いを計って動かない。レイフォンは徐々《じょじょ》に位置を変えていくニーナに合わせて、構えを変えていく。

鉄鞭という武器は、要は頑丈《がんじょう》な打撃武器だ。それを取り回しやすいように短くしている。剣のように刃《は》こぼれを気にする必要もなく、また折れる心配もなく自由に振り回すことができるし、受け止めることもできる。レイフォンの生まれ故郷《こきょう》であるグレンダンの警察《けいさつ》が標準的《ひょうじゅんてき》に鉄鞭を装備《そうび》しているのは、この使いやすさからきている。それでも、普通《ふつう》の警察官が持つのはもっと軽量のものだ。レイフォンは、剣を握る右手にかすかな痺《しび》れを感じていた。受けてみて、あの外観に相応《ふさわ》しい重量を備《そな》えていることは十分に実感できた。それを二本も自在《じざい》に操《あやつ》っている。これも、あの一瞬《いっしゅん》で十分に理解《りかい》できた。ニーナの筋力《きんりょく》と練熟《れんじゅく》に、レイフォンは心の中で舌《した》を巻《ま》いていた。

じりじりと、お互《たが》いに位置を変えていく。

緊張《きんちょう》が辺りにひしめいている。固形化した空気の中を掻《か》き分けるようにして動く感覚を、レイフォンは額の汗《あせ》とともに感じた。

再《ふたた》び距離を詰《つ》めたのは、またもニーナだった。レイフォンが移動のために片足を上げた瞬間を突いて、まっすぐに距離を縮《ちぢ》めてくる。素《す》直《なお》な突撃《とつげき》に、レイフォンは後ろに飛んで距離を開けようとする。が、ニーナはさらに前へと進んで来て、縮めた距離を戻《もど》そうとはしない。相手の攻撃《こうげき》に無頓着《むとんちゃく》なような堂々とした前進に、レイフォンは剣を振るった。下《げ》段《だん》からのはね上げる剣の一撃を、ニーナは左の鉄鞭で振り払《はら》う。レイフォンはすばやく手首を動かして剣の軌道《きどう》を修正《しゅうせい》した。

下段からの振り上げが、瞬《また》く間に上段からの振り下ろしに変化する。ニーナはそれをさらに右手の鉄鞭で受け止める。自由になった左側からの反撃を警戒《けいかい》して、レイフォンはニーナの右側にすばやく移動して、再び距離を開けた。

再び、間合いの取り合いが始まる。

レイフォンはそう思っていた。

だが、ニーナはそれを良しとはしなかったようだ。

「外力系衝剄《けいしょうけい》は使えるか？」

唐突《とうとつ》にニーナが口を開く。

いきなりの言葉に、レイフォンは思わず自分の中で作っていたリズムを見失った。

「外力系衝剄は使えるか？」

そんなレイフォンに、ニーナは同じ質問《しつもん》をぶつけてくる。

レイフォンは、頷《うなず》いた。

その瞬間、ニーナが笑った。

「ならばよし」

笑顔《えがお》のままに胸《むね》の前で鉄鞭《てつべん》を交差させる。

巨人《きょじん》でも蹟《ひざまず》いたかのような大きな音と振動《しんどう》が、床《ゆか》を震《ふる》わせた。

「受けきれよ」

楽しそうに、そして酷薄《こくはく》に笑ったニーナの顔が、気が付けば間近にあった。

次の瞬間、レイフォンは気絶《きぜつ》した。

レイフォンは剣《けん》を振《ふ》り上げた。斬線《ざんせん》は迷《まよ》いなく、残心に乱《みだ》れはなかった。迷いなく振り払ったのだ。振り払ったのはなんだ？

決まっている。

問いだ。

†

ただ生きているだけでいろんな問題が起こる。それをどう解決させるかが、結局は生きている上での問題になる。

問題を解決すれば、その次にはすぐに新しい問いが目の前にある。

どこまでもどこまでも、問いは発せられ、叩《たた》きつけられ続ける。

白金錬金鋼《プラチナダイト》の剣身が、天井《てんじょう》から降《ふ》り注ぐ照明の光をはね散らしていた。

「天剣が欲《ほ》しいか、ならくれてやる」

静まり返った闘技場《とうぎじょう》で、レイフォンはそう呟《つぶや》いて、握《にぎ》っていた剣を床に落とした。乾《かわ》いた金属《きんぞく》の音が、寂《さび》しげに床の上を這《は》った。

振り払った問いが、剣の横に倒《たお》れている。

それを見て、レイフォンは「ああ」と声を漏《も》らした。驚愕《きょうがく》でも、歓喜《かんき》でもなく、目の前の事実に納得《なっとく》するだけのような、そしてそれすらも流してしまうような、乾いた声だった。

周囲から手が現《あらわ》れる。レイフォンを指差している。顔などない。姿《すがた》も必要ではない。ただ、レイフォンを責《せ》めるがための指だけがそこにあればよいだけの、それだけの存在《そんざい》が、レイフォンを取り囲んでいる。

前代未聞。

裏切《うらぎ》り者。

面汚《つらよご》し。

様々な罵倒《ばとう》の全《すべ》てが突《つ》き刺《さ》す指の形でレイフォンを取り囲んでいる。

レイフォンはそれらを突き放し、冷えた視線《しせん》をただ送るだけだった。

だから、どうしたというのか？

それでなにかが解決《かいけつ》するのか？

それで、発せられた問いに出した解答に、不正解を叩き付けたつもりか？

ただ得るがための解答への道筋《みちすじ》を、ただ進むがために進んだだけだ。そのために天剣が床に転がろうとも、そんなことは知ったことか。

取り囲む指を視線で威圧《いあつ》していたレイフォンは、ふと足元に転がった解答に目を向けた。

転がった剣の横に、人の形をしたものが倒れている。

それは、ニーナに似《に》ていた。

いや、ニーナそのままだった。レイフォンが走らせた斬線を体に刻《きざ》み、唖然《あぜん》とした顔で倒れている。

「それが答えか？」

誰《だれ》かがそう聞いた。

「夢《ゆめ》だ」

一言で、切り捨《す》てる。

†

目覚めてすぐに思ったのは、とんでもない自己嫌悪《じこけんお》だった。

「ううわ、ありえねぇ」

頭を抱《かか》えてレイフォンは身悶《みもだ》えした。

鉄パイプのベッドがぎしぎしと鳴った。簡素《かんそ》な白い壁《かべ》に、薬品棚《だな》が置かれている。かすかな消毒薬の臭《にお》い。保健室《ほけんしつ》だというのはすぐに理解できた。ニーナの一撃で気絶したのは、気絶した瞬間《しゅんかん》に理解していたので、驚《おどろ》かない。

そんなことよりも、あの夢だ。

「夢でやり返すとか、ほんとありえない。みっともない……みっともない！」

ごろごろとベッドの上を転げ回り、最後には落下してしまう。横腹《よこばら》を派手《はで》に打って、レイフォンは「ぐへっ」と呻《うめ》いた。

そのまま、レイフォンは冷たい床《ゆか》の上で呻き続けた。「みっともない」と呪文《じゅもん》を唱えながら、リノリウムの冷たさで火照《ほて》った頬《ほお》を冷やす。

「なにをしているのですか？」

「……自分のみっともなさに叩きのめされているんです」

頭上からかかった声に、レイフォンは呻くのだけはやめた。それでも身を起こそうとはしない。

もうちょっと……さらに真っ赤になってしまった顔を冷やし切るまでは起き上がれないだろうなと思った。

「できれば起き上がって欲しいのですけど」

声は、喫茶店《きっさてん》までレイフォンを迎《むか》えに来たあの少女だった。

「できれば、もう少し時間をください」

「なぜです？」

「どうしても」

「どうしても？」

「どうしても」

繰《く》り返すことで、少女は納得したらしかった。なにを納得したのかはレイフォンにはわからないが、質問《しつもん》を続けることも、起き上がることを強制《きょうせい》する様子もなかった。頭のすぐ側《そば》で感じる少女のつま先は、その場にじっとしたまま動かない。

そのまま、二人とも黙《だま》る。

沈黙《ちんもく》。

沈黙。

沈黙。

「そういえば、名前を知らないので教えてもらえませんか？」

顔を床に押《お》し付けたまま、レイフォンは沈黙に負けて話しかけた。

「ああ、そうですね。自己紹介《じこしょうかい》がまだでした。フェリ・ロス。武芸《ぶげい》科の二年生です」

（ロス？）

その姓《せい》に、つい最近の嫌《いや》な記憶《きおく》がうずく。

「どうもです。ええと、間違《まちが》ってたらすいませんなんですが……」

「間違ってません。カリアン・ロスはわたしの兄です」

レイフォンの言葉を先回りして、フェリが肯定《こうてい》した。レイフォンはげんなりとした気分になった。

「そうですか」

「そうです。兄を恨《うら》んでいるのですか？」

またも先回りしてくる。

「そろそろ、起きてもいいのでは？」

言われて、レイフォンはのろのろと床から起き上がった。さすがに保健室なだけあって清潔《せいけつ》さが保《たも》たれている。床に転がっていても制服が汚《よご》れているということはなかった。

言われてから観察してみれば、目元の辺りなどがカリアンに似ているかもしれない。二人ともが美形だし、間違いないだろう。

ふっと、フェリの硬質《こうしつ》な表情《ひょうじょう》がほころんだ。

「やっぱり、話し相手の顔は見えていた方がいいです」

「それは……すいません」

「いいえ。わたしもタイミングが悪かったのでしょうし」

レイフォンは、ようやく忘《わす》れていた悶絶《もんぜつ》する姿《すがた》を見られたという事実を思い出して、再《ふたた》び赤面するのだった。

「武芸科にむりやり転科させた兄を、恨んでいますか？」

レイフォンの表情などまるで気にしていない様子で、話を戻《もど》す。

「……恨んでいるって言葉は、ちょっと意味が深すぎる気がするけど」

だけど、それ以外に適当《てきとう》な言葉も見つからない。

「わたしは恨んでいます」

言い淀《よど》んでいると、フェリがそう言った。

「は？」

なにを言っているのか、理解《りかい》できなかった。

（実の兄を……恨んでいる？）

フェリの色素《しきそ》の薄《うす》い唇《くちびる》が、淀みなく言葉を紡《つむ》いでいく。

「わたしも、武芸科に入るつもりはなかったのです。でも、兄がむりやり、わたしを武芸科に転科させました」

「なんで、また……」

「勝ちたいからです」

言葉を選ぶ時間もなく、フェリは断定《だんてい》する。

「自分の目的のためにはどんなことだってするのが兄です。だから、わたしたちの意思《いし》なんて関係ないんです」

「いや、ちょっと……」

フェリは、レイフォンをまっすぐに見つめたまま自分の兄を糾弾《きゅうだん》している。その表情には怒《いか》りもなく哀《かな》しみもなく、さっきまで浮《う》かべていた笑《え》みも消えて、中庸《ちゅうよう》を保《たも》っていた。

だから、フェリが自分の言葉に何を感じているのかがわからない。

だから、レイフォンは戸惑《とまど》う。

「勝つためならどんな卑怯《ひきょう》なことだってしてします。そんな人のために、わたしたちがなにかをしなければいけないなんて、馬鹿《ばか》げています」

「じゃあ、どうしろって言うんです？」

戸惑いながらも訊《たず》ねる。頭頂部《とうちょうぶ》が見えてしまうくらいに小さな先輩《せんぱい》は、人形的な容姿《ようし》に迷いを宿すこともなく、これまた断言してみせた。

「今まで通りでいてくれればいいです」

「は？」

「さっきの、ニーナさんとの戦いの通りにしていてくれれば、いいです」

「それって、どういう……」

質問《しつもん》しようとしたが、その時には、フェリはレイフォンに背《せ》を向けて長椅子《ながいす》に置いてあった鞄《かばん》を開けていた。

中からなにかを取り出し、長椅子の上に置いていく。

「あの、ちょっと……」

「バッジと帯剣許可証《たんけんきよかしよう》を預《あず》かっています。バッジは付けておいてくださいね。それと許可証は明日、ハーレイさんと一緒《いっしょ》に装備《そうび》管理部に持っていってください。ハーレイさんがパラメーターの設定《せってい》をしてくれますから」

テキパキと事務《じむ》連絡《れんらく》を終えると、フェリはちょこんと挨拶《あいさつ》して保健室《ほけんしつ》を出て行ってしまった。

行き場を失った言葉が口内でもごもごしている。伸《の》ばしかけた手もやり場をなくして、力なく空気をかき回している。

脱力《だつりょく》。長い吐息《といき》。

散々にカリアンの文句《もんく》を言いながら、用件《ようけん》を済《す》ませばさっさと去っていくところ——カリアンの時は部屋からおい出されたのだが——は兄とそっくりだ。

「なんなんだ？」

背もたれのない長椅子に腰掛《こしか》けて、レイフォンは頭を抱《かか》えたい気分で背中を丸めた。横には銀色のバッジと一枚《まい》の紙切れがある。

どうやら、小隊に入るという事実は変わりようがないらしい。

「あーもう……なんでかなぁ」

レイフォンは長く長くため息を吐《つ》いた。

†

翌日《よくじつ》の放課後。

ハーレイのクラスがわからないので、このまま逃《に》げてしまおうかとか考えていると、当の本人がレイフォンのクラスにやってきた。

「昨日の戦いだけど、やっぱりあの剣《けん》だと君の体格《たいかく》には合わないと思うんだ。いや、ニーナも体格に合わない重量級の武器《ぶき》を持ってるけどね。彼女の場合は力の流し方をきちんと心得ているし、そういう戦い方をしてる」

昨日と同じ汚《よご》れきったツナギ姿《すがた》のままで、微妙《びみょう》にげんなりとした様子で後を追うレイフォンにそんなことを話し続けている。

そんなレイフォンの様子にハーレイは気付いている様子はない。

熱心に話を続けている。

「でも、君の場合は違《ちが》うよね？　剣を振《ふ》った後の体の流れ方がちょっとぎこちなかったよ。

君はもっと速度を重視《じゅうし》する戦い方があってるんじゃないかな？　そういう訓練をしてきたんじゃないの？」

「いえ、本当に町の道場で教えてもらってただけなんで、そういう詳《くわ》しいことは。武器とかも昨日と同じような簡易模擬剣《かんいもぎけん》しか持ったことないですよ」

「本当に？」

先を歩いていたハーレイが首を傾《かし》げる。

「昨日のニーナとのやり合い見てて、そんな風には思えないけどなぁ。もっと専門《せんもん》的な訓練受けてそうだと思ったけど」

「そんなことはないですよ。グレンダンは……僕《ぼく》の生まれ故郷《こきょう》はグレンダンなんですけど、あそこはそういう道場があちこちにありましたから。近所にあったのが剣の道場だから、そこに通ってただけで」

「やっぱり、グレンダンは武芸が盛《さか》んなんだね。ふうん、そうか、じゃあグレンダンには君ぐらいの実力者がたくさんいたりするわけ？」

「それは、どうだろう？　交流試合とかはしたことないんで、なんとも」

「ふふ……なんだかんだ言っても、自分の実力にちょっとは自信があるでしょ？」

「いや、そんなことは」

人のよさそうな先輩《せんぱい》は含《ふく》むような笑《え》みを浮《う》かべて、「装備《そうび》管理部」と看板《かんばん》のかかった建物の中に入った。

ハーレイが窓口《まどぐち》に書類を提出《ていしゅつ》し、事務員《じむいん》から胸元《むなもと》で抱《かか》えられるぐらいの木箱を受け取ると、後ろで待っていたレイフォンのところに戻《もど》ってきた。

「次は僕の研究室に行こう」

木箱をレイフォンに押し付けて、そのまま装備管理部を出る。

「ま、正確《せいかく》には僕らの班《はん》の研究室だけどね」

錬金科《れんきん》は数人で研究室を共有し、そこで個人的《こじん》な実験をすることを許《ゆる》されているそうだ。

「定期試験で上位になったり、いい論文《ろんぶん》を発表できたりすれば、個人の研究室がもらえるんだけどね。さすがに、僕が専門《せんもん》にしたいことだとなかなか許可《きょか》が下りないんだよね」

軽い声に苦笑《くしょう》を混《ま》ぜて、ハーレイが肩《かた》をすくめる。

「ちなみに、なにを専門にしてるんですか？」

「武器の調整だよ。もちろん、開発の方もするけどね。それよりもその人にあった最適《さいてき》なセッティングをすることの方が、僕は楽しいんだ」

だからかと、レイフォンの武器の選択《せんたく》に対しての、執拗《しつよう》なまでのこだわり方に納得《なっとく》できたような気がした。

「トレーナーとはちょっと違うんだけどね。なんて言うんだろう？」

「グレンダンだと、ダイトメカニックです」

「ああ、なるほどね。とてもわかりやすい」

研究室は雑多《ざった》な感じがした。

いや、雑多そのものだった。

ドアを開けてすぐに、なんだかよくわからない、真っ黒く焦《こ》げたような色をした粘《ねば》つくものが床《ゆか》に張《は》り付いていた。ドア横の壁《かべ》には堅苦《かたくる》しい名前の雑誌《ざっし》やら紙の束やらが積み上げられ、埃《ほこり》が薄《うす》く表面を覆《おお》っている。縁《ふち》の汚《よご》れたマグカップや、食べかけたまま放置されて乾燥《かんそう》したパンがあったりする。

男の一人暮らし……それも最悪のレベルがそこに実現《じつげん》されている。レイフォンは鼻を撫《な》でた刺激臭《しげきしゆう》に立ちくらみがした。

几帳面《きちようめん》な性格《せいかく》に見えたのだが、それは自分に興味《きようみ》あるものに限定《げんてい》されているようだ。

広い部屋に、テーブルは三つあった。どれもこれも似《に》たような状況《じようきよう》でレイフォンには違いなんてわからない。ハーレイはその一つの上に載《の》っていたものを適当にどけてスペースを作ると、レイフォンに木箱を置かせた。

木箱を開けると、緩衝材《かんしようざい》が埋《う》め込《こ》まれた中に棒状《ぼうじよう》のものがある。真っ黒な、炭素《たんそ》の塊《かたまり》のようなそれをハーレイは気楽な様子で取り出し、次にテーブルの端《はし》にあった機材を引っ張り出して端子《たんし》を棒に突《つ》き刺《さ》した。抵抗《ていこう》もなく、端子は棒の中に埋まってしまう。

「さて、まずは握《にぎ》り部分の調整からだ。聞くけど、片手《かたて》で使うんだよね？　両手で使えるようにもしておく？」

「両手でも使えるように」

適当に、なんて言っても聞いてくれそうにないので、レイフォンは希望を口にした。

「了解《りょうかい》。じゃあ、これ握って」

同じようにテーブルの端の山に紛《まぎ》れ込んでいた物体をレイフォンに手渡《てわた》す。青みの混じった半透明《はんとうめい》の物体で、端にはコードが付いていた。コードは、ハーレイの操作《そうさ》をしている機材に繋《つな》がっている。

「いつも剣を握っている時の感じで」

言われて、剣を握った時のことを考えた。冷たく、手に張り付くような感じのするそれを握り締《し》める。いつもの握力《あくりょく》で握っても、半透明の物体は抵抗を見せて、潰《つぶ》れるということはなかった。外見は柔《やわ》らかそうなのに、意外に頑強《がんきょう》だ。

「ふうん、握力高いねぇ。素手《すで》で殴《なぐ》ってもけっこう痛《いた》そうだ」

モニターに現《あらわ》れた数値《すうち》を眺《なが》めて頷《うなず》きつつ、ハーレイはキーボードを引っ張り出して数値を入力する。

モニターの中で握り部分の映像《えいぞう》が現れる。ハーレイはキーボードを叩《たた》いて、さらに形を修正《しゅうせい》していくと、おもむろに決定のキーを叩いた。

途端、端子の突き刺さった棒の端が変化する。伸《の》び、膨《ふく》らんで形を整えたそれはモニターの中にあった映像とまったく同じものだった。

「握って確《たし》かめてみてね」

言われて、掴《つか》んでみる。

「どう？」

「……しっくりきます」

実際《じっさい》、握ってみても何の違和《いわ》感もなかった。指の一本一本がしっかりと握りに絡《から》み付いている感じがする。

「全体の重量が決まってから修正するけどね。じゃ、握りはとりあえずOKということで。さて、材質《ざいしつ》だけど、どうしようか？　ニーナが使っているのは黒鋼錬金鋼《クロムダイト》だけどね。あれは密度《みつど》を重視《じゅうし》している分、剄《けい》の伝導率《でんどうりつ》が落ちるんだよね。速度を考えるんなら、白金錬金鋼《プラチナダイト》か青石錬金鋼《サファイアダイト》だね。剄の伝導率だけ考えるのなら、白金の方を薦《すす》めるけど。わからないなら、サンプルがあるから試《ため》してみる？」

返事も待たずにハーレイは研究室の奥《おく》へ行って、棒状の束を抱《かか》えて戻《もど》ってきた。

ばらばらと床にばらら撒《ま》かれた棒状のものを見て、その数にレイフォンは冷や汗《あせ》を流す。

「じゃ、これから試してみようか」

にっこりと笑って、ハーレイが棒の一つを差し出してくる。

長くなりそうだ。

†

結局、ハーレイに解放されたのは日が完全に沈《しず》んでからだった。

慌《あわ》てて寮《りょう》に帰り、すぐにベッドに飛び込む。仮眠《かみん》をすること数時間、目覚まし時計の音に叩き起こされると、レイフォンは適当《てきとう》に寝癖《ねぐせ》を直してから作業着を着込んで寮を飛び出した。

今日が、レイフォンの仕事始めなのだ。

事前にもらっていた地図を片手《かたて》に、居住区郊外《きょじゅうくこうがい》にある地下への入り口に辿《たど》り着く。警備《けいび》員《いん》の生徒に通行証《しょう》を見せ、奥に入れば、すぐに地下への昇降機《しょうこうき》がある。鉄柵《てっさく》が囲っているだけの無骨《ぶこつ》なそれに乗り込み、さらに地下へ。

機械油と触媒液《しょくばいえき》の混《ま》じり合ったなんともいえない臭《にお》いが濃厚《のうこう》になっていく中、昇降機は全身を震《ふる》わせて停止した。

最低限《さいていげん》の照明が、目の前の光景を淡《あわ》く映《うつ》し出している。パイプの入り組んだ狭《せま》い通路に、あちこちで一定のリズムに合わせて様々な動きを見せる歯車たち、ガラス状の透明《とうめい》なパイプの中で触媒液によって溶《と》かされたセルニウムが、まるで血液のように一点に向かって流れていき、そして色を淀《よど》ませた液体が隣《となり》にあるパイプを逆《ぎゃく》に流れていく。

都市地下にある、機関部。

自律型移動都市《レギオス》の心臓部《しんぞうぶ》の光景が、レイフォンの目の前にあった。

「これは、すごいな……」

昇降機の前で呆然《ぼうぜん》としていると、通りかかった同じ就労《しゅうろう》学生らしい青年が声をかけてきた。レイフォンは彼に従《したが》って責任者《せきにんしゃ》の下《もと》に行き、そのまま機関掃除《そうじ》を始めた。

初心者ということで、通路のブラシがけだ。

同じく今日が仕事始めの新人と組んで、ひたすら迷路《めいろ》のように入り組んでいる通路を磨《みが》いていく。一時間ほどで二人とも通路にこびりついた混合液《こんごうえき》の取り方のコツのようなものがわかってきたので、別行動でやることになった。その方がノルマを達成しやすい。

バケツの水を交換《こうかん》しに水場に行くと相棒《あいぼう》が休憩《きゅうけい》を取っていた。ぐったりとして、座《すわ》り込んでいる。

「休憩？」

「ああ」

力ない言葉が返ってくる。

「つうか、きつい。金がないからこれ選んだけど、ただのブラシがけがこんなにきついとは思わなかった」

相方は心底疲《つか》れている様子でそう呟《つぶや》く。

「無駄《むだ》に力が入ってんだよ。腕《うで》の筋肉《きんにく》じゃなくて、体重でブラシを滑《すべ》らせる感じでやったら？　全身運動にした方が、結果的に使う体力は少なくなるよ」

レイフォンがそうアドバイスしてみたが、疲れきった相方は空返事をしただけだった。

まあいいやと、レイフォンは新しい水と洗剤《せんざい》を一緒《いっしょ》にぶち込んだバケツを持って、続きを始めた。

単純《たんじゅん》作業は嫌《きら》いじゃない。その間は何も考えなくていいからだ。ただ一心に体を動かしていると、意識《いしき》は次第《しだい》に自分の体の中にある流れに収束《しゅうそく》していく。それは血管を走る血液の流れであったり、気脈を貫《つらぬ》く剄の流れであったりもする。さらに集中していけば体内で活動する抗体細胞《こうたいさいぼう》にまで辿り着く。

そういう感覚を楽しみながら、レイフォンはブラシがけを続けていた。

バケツの水がまたも真っ黒になったところで、レイフォンは意識を現実《げんじつ》に戻す。

「水を換《か》えに行かないとな」

自分に対する確認《かくにん》として呟いていると、意外にも声が返ってきた。

「なら、ついでにわたしのも頼《たの》む」

いきなりそう言われて、レイフォンは驚《おどろ》いて声がした方を見た。

さらに驚いた。

「その代わり、夜食はわたしが奢《おご》ってやろう。……ん？ どうした？」

「先輩《せんぱい》、どうして？」

そこにいたのは、ニーナだった。レイフォンと同じ作業着を着てその場に立っている。足元には水の汚れたバケツがあり、手には柄《え》のないブラシが握《にぎ》られていた。鼻や頬《ほお》、さらに髪《かみ》までも汚れで黒ずんでいる。

「どうしてもなにも、わたしもここで就労《バイト》している。おかしなことではないだろう？ それよりも水換えの方を頼んだぞ。わたしは弁当《べんとう》を買ってきてやる。集合場所はここだ」

言うと、ニーナは呆然《ぼうぜん》としたレイフォンにバケツを残してさっさと歩いていった。

数分後、レイフォンが両手にバケツを提《さ》げて戻《もど》ってくると、ニーナもまた戻ってきていた。

「ん、ご苦労」

夢《ゆめ》だったかと思ったが、そうではないらしい。ニーナは軽く頷《うなず》くと、両手にバケツを持ったままポカンとしたレイフォンに渋《しぶ》い顔を見せた。

「そのまま飯を食べるつもりか？　さっさと置け。休憩はちゃんととるべきだ」

「あ、はい」

レイフォンはバケツを通路の端《はし》に置くと、慌《あわ》ててニーナと並《なら》んでちょうどいい高さにあったパイプに腰掛《こしか》けた。

渡《わた》された弁当の中身は、サンドイッチだった。

ニーナにあわせて、レイフォンもサンドイッチを掴《つか》み頬張《ほおば》る。適度《てきど》に疲労《ひろう》していた体に、美味《うま》いものは染《し》みた。鶏肉《とりにく》と野菜と辛味《からみ》のあるソースがうまい具合に混《ま》ざり合う。

「美味いですね」

「配達される弁当の中でも人気の一品だからな。すぐになくなる。配達時間を把握《はあく》していないと手に入れるのは難《むずか》しいんだ」

ニーナが唇《くちびる》の端を緩《ゆる》めて、レイフォンに紙コップに入れたお茶を差し出してくれた。

よく冷えた紅茶《こうちゃ》だ。砂糖《さとう》が嫌《いや》みにならない程度《ていど》で、これまた美味《おい》しい。

「これも、売ってるんですか？」

「いや、こっちは自前だ」

ニーナは首を振《ふ》って、自分用のお茶を水筒《すいとう》のふたにいれた。

「人に飲ませるつもりはなかったからな、おまえがいるのがわかったから、さっき給湯室からもらってきた」

「あ、すいません」

「気にするな。後は忠告《ちゅうこく》だが、飲み物は自分で用意しておけ。ここの飲み水はまずい」

レイフォンはまたもぽかんとしてしまった。そのままニーナの横顔を眺《なが》める。きれいな金髪《きんぱつ》を機械油で汚《よご》したまま、上機嫌《じょうきげん》にサンドイッチを食べるニーナの姿《すがた》には、違和《いわ》感があった。

「なんだ？　見られていると食べづらいぞ」

「あ、すいません。いや、ちょっと意外だったもので」

「なにがだ？」

「いろいろです。先輩がここで働いているなんて思ってなかったですし、それに……」

美味しそうにサンドイッチを頬張っている姿は可愛《かわい》かった。が、それを口にすると殴《なぐ》られそうな気がしたのでやめた。

「そうだな、体調管理としては最悪の仕事場だな」

幸いにも、口ごもったところは聞き逃《のが》してくれたようだ。

「しかし、金がいい。これもまた事実だ。わたしのような貧乏人《びんぼうにん》には、ここの高報酬《ほうしゅう》はありがたい」

貧乏人という一言に、レイフォンは虚《きょ》を突《つ》かれた。

「そんなに意外か？」

「あ、いえ、そんな……」

口ごもったものの、意外だと思っていたのは事実だった。

初めて会った時に、武芸《ぶげい》を嗜《たしな》む人間特有の重心を常《つね》に中心に置こうとする立ち方以外に、立ち居振る舞《いふるま》いに上流階級特有の、洗練《せんれん》されたものがあった気がした。

「まあ事実、実家は貧乏ではない。これは確《たし》かだ」

サンドイッチを一つ食べ終え、紅茶で流し込《こ》む。その様子だけを見ていると、確かに上流階級には見えない。

「え？　じゃあ……」

「言ったろう。あくまで実家は、だ。親が学園都市に行くのを反対してな。半ば家出のようにここに来た。だから、実家からの仕送りはない」

「はあ、それはまたどうして？」

「おまえは、どうしてここに来た？」

「奨学金《しょうがくきん》の試験に合格《ごうかく》できたのが、ここしかなかったんで」

その答えに、ニーナは失望を隠《かく》せない様子だった。いや、はっきりと目が怒《おこ》った。

「孤児《こじ》なんで、お金がないんですよ」

すばやく言葉を付け足すと、今度はあからさまに反省した色を見せる。

「……そうだったか、すまない」

「いえ、いいんです」

面白《おもしろ》いなぁと思った。立ち居振る舞いが頑《かたく》なで、一見して冷静《クール》なように思っていたのだけど、間近で会話を交《か》わしてみるとクルクルと表情《ひょうじょう》が変わるのだ。特に目で感情を表そうとする。それが、なんだか無理をして冷静《クール》を装《よそお》っているようで、面白かった。

「わたしは、外に出たかった」

ニーナが次のサンドイッチを摘《つま》んで、呟《つぶや》く。

「自律型移動都市《レギオス》に生かされているわたしたちは、そのほとんどが一つの都市で一生を終える。外には怖《こわ》い汚染獣《おせんじゅう》がいるからと、自分から外に出られない檻《おり》の中の鳥みたいに……しかし、一方で都市間を放浪《ほうろう》バスで旅する者たちもいる。彼らは、他《ほか》の人たちが一つしか見ない世界をたくさん見ている。わたしはそれがうらやましかった」

ニーナの横顔を眺めていると、睨《にら》まれた。レイフォンは慌《あわ》てて自分の分のサンドイッチに齧《かじ》りつく。

「旅行者になることはできないだろうが、それでも、少なくともあそこ以外の世界を見てみたかった。それで、わたしは学園都市に来ることを決めた。合理的な判断《はんだん》だと思ったんだが、両親にはえらく反対されてしまってな」

その時のことを思い出したのだろう。ニーナの瞳《ひとみ》が楽しそうに細められた。

「実際《じっさい》、父親とあそこまで口論《こうろん》したのは初めてだった。向こうがどう思っているかはわからないが、わたしはとても楽しかった」

「それで、援助《えんじょ》なしですか？」

「ああ。勝手に試験を受けたのがばれてな。出発を強行するわたしを両親は部屋に閉《と》じ込めた。ぎりぎりで脱出《だっしゅつ》してバスに飛び乗ったのだがな。ここに着いてから手紙を送った。わたしの隠《かく》しごとのない正直な気持ちを書いたのだが、返事の文面は短かったな。帰りのバス旅券と一緒《いっしょ》に『それ以外の援助はしない』だ」

「だから、わたしはこうしている」最後にそう締《し》めると、ニーナは黙《だま》ってサンドイッチを食べ出した。レイフォンも食べることに集中する。

最後の一つを食べ終えると、ニーナは紙コップに紅茶《こうちゃ》を注《つ》いでくれた。

「武芸はわたしにとって、『これしか能《のう》がない』というものだ。だから武芸科に入った。おまえは、どうやらそうではないようだな」

生徒会長によって無理矢理《むりやり》に武芸科に転科させられたことを言っている。

「そんなことはないです」

レイフォンは首を振《ふ》った。紙コップの中の紅茶を見る。よく冷えた紅茶の冷たさが紙コップを伝って、掌《てのひら》に滲《にじ》む。

「なにがしたいかなんて決まってませんよ。でも、なにかがしたいんですよ」

「ふむ、それは武芸ではだめだったのか？　正直、おまえの実力はかなりのものだと思っているが」

「武芸ではダメなんです。それはもう、失敗しましたから」

「失敗？　それはどういうことだ？」

答えづらいことでも、まず訊《たず》ねるのがニーナという少女なのだろう。レイフォンは苦笑《くしよう》して首を振った。

ごまかす言葉を探《さが》していたのだが……

カンカンと、通路を誰《だれ》かが走る音がした。それはそのままレイフォンたちの前まで近づいてくる。

やってきたのは同じ作業着を着た年長らしい男だった。無精《ぶしょう》ひげを顎《あご》にたっぷりと蓄《たくわ》えている。手袋《てぶくろ》をしていない手の、爪《つめ》の間に深く機械油が染《し》み込んでいる。機械科の上級生だろうと、レイフォンはあたりをつけた。

「おい、この辺りで見なかったか？」

「なにを？」とレイフォンが尋《たず》ねる前に、ニーナが口を開いた。

「またか？」

「まただ、悪いな！　頼《たの》む！」

やけっぱちな様子で大声を上げると、男はまた走り出した。

「やれやれ」

残っていた紅茶を飲み干《ほ》し、ニーナが立ち上がる。

「あの、なにが？」

「ああ、手伝え。今日はもう掃除《そうじ》はいいはずだ」

「は？」

まだ状況《じょうきょう》のわからないレイフォンに、ニーナは楽しそうに笑《え》みを作った。

「都市の意識《いしき》が逃《に》げ出したのさ」

そう言われてもわかるはずもなく、レイフォンはまたも「は？」と言うしかなかった。

ニーナが今度は声を上げて笑った。

「まあいいから、ついて来い」

立ち上がったニーナに従《したが》って、レイフォンも歩き出す。

歯車の回るゴウゴウとした音に混《ま》じって、無数の足が鉄板の通路を蹴《け》る音が不規則《ふきそく》に混じり合う。忙《いそが》しさの満ちるその中を、ニーナは悠々《ゆうゆう》とした態度《たいど》で歩いていた。

「緊急事態《きんきゅう》なんですか？」

「機関部の管理を任《まか》されている連中からしたら、失点に繋《つな》がる大事態だな」

「はあ……」

理解《りかい》できるはずもなく、レイフォンはあいまいな返事をするしかない。

都市の意識？

それが逃げ出したと言っていた。だったら、都市の意識とはなんなのだろう？　レイフォンにはそれがわからない。

〝自律《レギオス》〟型移動都市という以上、都市は自らの思考によって行動している。都市の行く先は誰にもわからないし、都市に住む者たちによって操作《そうさ》することもできない。荒《あ》れ果てた大地を漂流《ひょうりゅう》するかのように無作為《むさくい》に移動《いどう》する都市の上に、人類は生活している。自律型移動都市に頼《たよ》る必要もなく生きていた頃《ころ》は、人類はこの世界の全《すべ》ての地形を記した地図を持っていたというが、それはすでに価値《かち》を失い、そして、誰も見たことはないという。

都市の外は今の人々にとっては自分たちが住むことのできない謎《なぞ》であって、そして同時に、新たに作り出すことのできない自律型移動都市に住む人々にとって、都市そのものもまた謎の存在《そんざい》だった。

都市の意識という言葉を知らなかったわけではない。

ただ、その意識が〝逃げ出した〟という状態《じょうたい》にあるのが、レイフォンには理解できていなかった。

先を行くニーナは、分かれ道に差しかかっても何の迷《まよ》いもなく歩き続けていた。レイフォンはその背《せ》を眺《なが》めて首を傾《かし》げる。

「捜《さが》してるんじゃないんですか？」

「捜す必要などないさ」

「は？」

さらに混乱《こんらん》する。追いついてニーナの横顔を見るが、彼女はとても楽しそうに表情《ひょうじょう》を緩《ゆる》めて、都市の意識というものを捜すために視線《しせん》を動かすこともなく、まっすぐに前を見て歩いていた。

「都市の意識というものはな、好奇心《こうきしん》が旺盛《おうせい》であるらしい」

唐突《とうとつ》に、ニーナが口を開いた。

「だからこそ動き回るのだそうだ。汚染獣《おせんじゅう》から逃げるという役割《やくわり》もあるのだろうが、それ以上に、世界とはなにかという好奇心を止めることができずに、動き回る……これは、ハーレイが言っていたことだがな」

と、ニーナが足を止めた。落下防止《ぼうし》の鉄柵《てっさく》が行く手を阻《はば》んでいる。そこから見下ろせる下層《かそう》には、山のようなこんもりとしたプレートに包まれた機械が、駆動音《くどうおん》で空気を揺《ゆ》らしている。

その天辺《てっぺん》に、なにかがいた。

なにかが金色に近い色で発光している。

「だからこそ、自らのうちにある新しいものにも興味《きょうみ》が寄《よ》せられてしまう。今ならば、新入生だな。おまえとか」

「ツェルニ！」ニーナがそう叫《さけ》ぶと、発光体は飛び上がり、そしてクルクルと天辺の上で円を描《えが》いた。

「整備士《せいびし》たちが慌《あわ》てていたぞ」

もう一度声をかけると、発光体はまっすぐにこちらに飛んでくる。「危《あぶ》ない」と叫ぶ暇《ひま》もなく、発光体はニーナの胸《むね》に飛び込《こ》んだ。

「はは、あいかわらず元気な奴《やつ》だ」

発光体を抱《だ》いて、ニーナが笑う。

間近でそれを見て、レイフォンは言葉を失ってしまった。

発光体の正体は、小さな子供《こども》だった。

「しかし、ちゃんと動いてやれよ。おまえが手を抜《ぬ》くと、整備士たちが調整だなんだと走り回らないといけなくなるからな」

赤ん坊《ぼう》のような大きさなのに、手足はしっかりとしていそうだ。長い髪《かみ》が足の先にまで届《とど》きそうで、クリクリとした大きな瞳《ひとみ》を嬉《うれ》しそうにさせてニーナを見上げている。

（これが、意識《いしき》？）

レイフォンは唖然《あぜん》と、発光する女の子を見つめた。

目が合う。ニーナの肩越《かたご》しに、女の子の瞳がレイフォンを捉《とら》えた。

「ああ、これが新入生だ。紹介《しょうかい》してやろう、レイフォンだ。レイフォン・アルセイフ。なかなかに強い奴だぞ。レイフォン、これがツェルニだ」

レイフォンはニーナと少女の間で視線をさまよわせた。

「それは、あの、都市の名前と……」

「当たり前だろう？　この都市は、すなわちこの子そのものなのだからな」

確かに当たり前なのかもしれないが、目の前の小さな女の子を自分たちが住んでいる巨《きょ》大《だい》な都市と繋《つな》げるのはまだ無理があった。

「えと、レイフォン・アルセイフです。よろしく」

握手《あくしゅ》を求めるつもりで、レイフォンは手を差し出した。

と、ツェルニはニーナの腕《うで》から脱《だつ》して、彼女の肩の上から飛び込みのようにレイフォンの腕の中に飛び込んできた。

慌てて受け止める。小さな体には相応《そうおう》の重さすらもなく、ただ、暖《あたた》かさが分厚《ぶあつ》い作業着を通して染《し》み込んできた。

胸の辺りの服を摑《つか》んで、しっかりと抱き付くツェルニは磨《みが》きたての鏡のような無垢《むく》な瞳でレイフォンを見上げてくる。それがレイフォンを少し居心地《いごこち》悪くさせた。

「ほう、気に入られたようだ」

声を殺して笑いながら、ニーナが言った。

「は？」

「気に入らない相手には触《さわ》らせてもくれないのがツェルニだ。ハーレイが言うには電子精《せい》霊《れい》の磁《じ》装結束《そうけっそく》とやらいう状態であるらしい。触ることはできるのだが、結束を緩《ゆる》めるとその子の体を構成《こうせい》している雷性因子《らいせいいんし》が相手の体を貫《つらぬ》く。人に落雷するのと似《に》たようなことになるそうだ」

言われて、レイフォンはさらに唖然《あぜん》としてしまった。こんな可愛《かわい》い女の子が人に害を為《な》すなんて信じられない。そう思うのだが。

「整備士の連中が慌てていたのは、機関が不調になるからだけでなく、そういう理由もあるようだな。だが、わたしはこのお人好《ひとよ》しが、誰かに危害《きがい》を加えるなど信じられないのだがな」

ニーナはそう言って、ツェルニの頭を撫《な》でた。レイフォンの目の前で、少女がくすぐったそうに目を細めている。

しかし、レイフォンだって最初にそう言われていたらどう行動するかわからない。ニーナが気楽に接《せっ》していたからツェルニをこうして抱けているのだと思う。

「先輩《せんぱい》って、すごいですね」

「いきなりなにを言う？」

「いえ、そう思ったんで」

「変な奴だ」

ニーナがツェルニに腕を伸《の》ばし、レイフォンから奪《うば》っていった。

そのままレイフォンに背《せ》を向ける。その途中《とちゅう》で見えたニーナの横顔が赤く染《そ》まっていたように見えたのは、気のせいだったのだろうか？

胸に抱いたツェルニにニーナは話しかけながら、通路を戻《もど》っていく。

「さて、もう十分に見たか？　ならばそろそろ元の場所に戻ってくれよ。おまえだって、不調なわけでもないのに整備士たちにいじられるのは嫌《いや》だろう」

そうツェルニに語りかけながら歩いていくニーナの背を、レイフォンは追いかけた。

「明日からは対抗《たいこう》試合に向けての連携《れんけい》訓練をする。ここでの疲《つか》れは残すなよ」

そのレイフォンに、ニーナがそう言葉を残す。

今までの楽しい感じが、全《すべ》て打ち壊《こわ》された気がして、レイフォンは足を止めた。

03　訓練

こちらの生活はようやく安定してきました。そちらはどうだろう？　都市同士の通信手《しゅ》段《だん》が手紙しかないというのはもどかしいね。電話があればいいのだけれど、問題は電線をどうやって引くかだね。そんなことをしたらきっと、世界中の都市が電線でこんがらがるに違《ちが》いないよ。

正直に言うと、少し疲れています。機関掃除《そうじ》の仕事そのものは大丈夫《だいじょうぶ》なのだけれど、問題はやっぱり時間だね。もう少しすれば、この変則《へんそく》的な生活にも慣《な》れると思うのだけれど、ここは我慢《がまん》のしどきかな？

学校生活の方は特に問題はないです。今まであまり頭をつかってなかったから、成績《せいせき》の方はあまり期待できないだろうけど。

君の助言に従《したが》って、普段《ふだん》からちゃんと勉強しておけばよかったと後悔《こうかい》しています。こう書くと、君はそれ見たことかと笑うのだろうね。まさしくその通りだから、笑われても仕方がないのだけれど、やっぱり悔《くや》しい。

天剣《てんけん》を捨《す》てた時から、僕《ぼく》はただの一般人《いっぱんじん》になってしまったのだけれど、最初から何もかもをやり直すのはとても大変なことだね。僕は、とても楽な生き方をしていたのではないかと、そう思ってしまう時があります。あの時に戻れれば、そう考えてしまう自分がいます。戻れるはずもないのだけれど、そう考えてしまいます。

未練だね。みっともないと自分でも思うよ。師匠《ししょう》がそれを許《ゆる》すはずもないし、陛下《へいか》がそれを許すはずもない。僕もそれを許さない。剣を捨てることが、師匠や陛下へのけじめなのだから。

剣を捨てるだけで許してもらえたことこそが、最大の……ああ、僕はなにを言っているんだろう。ごめん、忘《わす》れて欲《ほ》しい。

言い訳《わけ》なんだ、全てが。やっぱりみっともない。

この手紙は送らないでおこう。君に読んでもらう価値《かち》のあるものじゃない。

†

「大丈夫《だいじょうぶ》？」

昼休憩《きゅうけい》。売店にパンを買いに行く気力もなく机《つくえ》の上に伸びているレイフォンに、ミイフィがそう訊《たず》ねた。紙パックのミルクをずずずと飲み干《ほ》す。彼女は空になった紙パックをリサイクル用のゴミ箱にその場からひょいっと投げた。紙パックはくるくると回転しながらゴミ箱に吸《す》い込まれるように収《おさ》まった。

「……ミィちゃん、汚《きたな》い」

中に残っていたわずかなミルクの雫《しずく》がストローから振《ふ》りまかれたのだ。メイシェンが髪《かみ》にハンカチを当てて抗議《こうぎ》しても、ミィフィはまるで聞いてない。メイシェンの方もレイフォンを見ていた。

「……大丈夫」

「や、大丈夫。うん、大丈夫だから」

説得力がないことはレイフォン自身、わかっていた。昨日、鏡で自分の顔を見て目に生気がないことにちょっと落ち込んだのだから。

「その様子で大丈夫とか言われても説得力はないな」

ナルキが教室に戻ってきた。右手には二つの紙袋《かみぶくろ》が握《にぎ》られている。その片方《かたほう》をレイフォンの机に置いた。

「ほら。好みがわからんので適当《てきとう》だがな」

「あ、ごめん。ありがとう」

「気にするな。金はちゃんともらう」

お金を受け取り、ナルキは微笑《びしょう》を浮《う》かべたまま、視線《しせん》をレイフォンの腰《こし》に持っていった。

そこには、剣帯《けんたい》に吊《つ》るされた錬金鋼《ダイト》がある。

「さて、どっちが原因《げんいん》なんだ？　そっちか？　それとも機関掃除《アルバイト》の方か？」

「うん、仕事の方はぜんぜん大丈夫なんだけどね。意外に楽しいよ」

のそのそと起き上がり、紙袋からパンを取り出し、齧《かじ》りつく。水気のないパンの感触《かんしょく》が口の中で気持ち悪くて、レイフォンは一緒《いっしょ》に入っていた紙パックのミルクにストローを挿《さ》した。

「じゃあ、訓練なんだ？　そんなしんどいの？」

ミィフィも新しい紙パックを自分の紙袋から取り出し、ストローを挿す。

周りの椅子《いす》を勝手に使って、三人が腰を下ろす。レイフォンは苦い笑《え》みを浮かべて、ミルクで口の中を湿《しめ》らせた。

「対抗《たいこう》試合のための訓練なのだろう？　なら、大変なのだろうな」

ナルキが自分のパンを食べながらしたり顔で頷《うなず》く。

「……対抗試合ってなに？」

「あ、わたしも知りたい。この間は聞き流しちゃったけど、よく知らない」

メイシェンの質問《しつもん》に、ミィフィものっかる。ナルキは一つ頷き、説明を始めた。

その横でレイフォンは、

（ナルキの話し方って先輩《せんぱい》に似《に》てるよな。軍人思考の女性《じょせい》はそうなるのかな？）

そんなことを考えながら、聞き流していた。

「対抗試合というのはこの間も話したが、小隊同士の序列《じょれつ》を決めるための戦いだ。序列が上にあればあるほど、武芸《ぶげい》大会では重要な位置に配置されるようになる」

「それっていいことなの？」

「当たり前だろう。自分たちの実力が認《みと》められるということだ。自らに授《さず》かった剄《けい》の恩寵《おんちよう》が、都市の人々のために役立てることができるということだ。武芸を志《こころざ》す者にとっては誇《ほこ》れることだろうな」

まるで、自分は関係ないがといわんばかりの口調だ。

「でも、危険《きけん》じゃない？　わたしなら危険がありそうな場所にわざわざ行かないけどね」

「それは分野を武芸において考えているからだ。例えば、おまえが雑誌《ざつし》の編集《へんしゆう》の全《すべ》てを任《まか》されたとしたら、多少の無茶《むちゃ》はやってみせるんじゃないのか？」

「ああ、なるほどね」

「メイなら、菓子《かし》屋の厨房《ちゆうぼう》を任せられたら張《は》り切るだろう？」

「……うん」

二人ともに納得《なっとく》する。

「得意分野において優劣《ゆうれつ》をはっきりとさせるのは、誇りの問題でもあるし、戦闘《せんとう》においては戦力の査定《さてい》ということに繋《つな》がる。戦略戦術《せんりゃくせんじゅつ》を考えるのに、はっきりとした戦力はわかっていればいるほどいい。個人技《こじんぎ》においては誰《だれ》が一番か。小隊能力としてはどこが最も勝《すぐ》れているか、わかればわかるほどいい。そして、理解《りかい》するには実際《じっさい》に実力を測《はか》る機会を作ればいい。そのための対抗試合だ」

「誰が一番強いかを決めるの？　なんかそれだけ聞いてたら、子供《こども》の喧嘩《けんか》みたい」

ミィフィの言葉に、レイフォンはおもわず頷いてしまっていた。誰が一番強いか？　そんな、絶対《ぜったい》に決めることのできない序列争いに巻《ま》き込まれているのかと考えると、さらにパンが喉《のど》を通らなくなる。

「トーナメント形式じゃないし、別に勝利数を競《きそ》うわけでもないから、明確《めいかく》にどこが一番強いとかが決まるわけではないな。もちろん、そういうことに拘《こだわ》る個人がいることは否定《ひてい》しないが。時間が許《ゆる》す限《かぎ》りの総当《そうあ》たり戦だよ。それで小隊の能力《のうりょく》と精度《せいど》を見極《みきわ》める。勝てば賞金も出る。一般《いっぱん》教養科が定期テストで上位に入れば奨励金《しょうれいきん》をもらえるようにな」

「ぬ、わたしには関係のない話が出た」

　そう言って頬《ほお》を膨《ふく》らませるミィフィに残りの二人が笑みを浮かべ、レイフォンも釣《つ》られた。

「……訓練がしんどいの？」

　メイシェンが控《ひか》えめに訊《たず》ねてくる。その目には気遣《きづか》いの色が見えた。

「ん、ん〜」

　否定したところで見え透《す》いているし、しかしだからといってそれを素直《すなお》に認《みと》めるのはなんともみっともない気がした。だから、言葉が濁《にご》る。男はプライドの生き物だなぁと、逆《ぎゃく》に惨《みじ》めな気持ちになって、レイフォンはごまかしの苦笑を浮かべた。

「まあ、レイとんは好きで武芸やってるわけじゃないんだから、無理してがんばる必要もないんじゃない？　適当にやるのが一番。しんどいんだから」

　三個目の紙パックのミルクを飲み干《ほ》して、ミィフィは気楽に言ってのけた。メイシェンも頷く。ナルキだけは、無言でパンを齧《かじ》っている。その目はレイフォンに問いかけるようにまっすぐに向けられている。

　好きで武芸をやってるわけじゃない。

　まさしくその通りなのだ。武芸は好きではない。好きではなくなった。いや、そもそも好きだったことがない。それはすでに、レイフォンの中を通り過《す》ぎていったものだからだ。

過去《かこ》という時間をやり直すことができないように、自分の中から過ぎ去ってしまったものを取り返すことはできない。

ヴォルフシュテイン。生徒会長《カリアン》がレイフォンに言ったその名は、過ぎ去っていったものの一つだ。それはもう取り返せない。

取り返せないものを求めているのが生徒会長だ。

そして、それを知らないニーナだ。

「……ところで」

内側に潜《もぐ》り込《こ》むような思考を止めて、レイフォンは教室に視界《しかい》を戻《もど》した。視線を向けた先、ミィフィが「ん？」と首を傾《かし》げる。その手の中では、四個目の紙パックにストローが挿《さ》さっていた。

「昼はミルクだけ？」

体型的ハンディキャップを取り戻すためだと、怒《おこ》ったミィフィに思い切り殴《なぐ》られてしまった。

†

ニーナの苛立《いらだ》った視線《しせん》が頬《ほお》に突《つ》き刺《さ》さっていた。

だからといって、どうするということもできない。武芸《ぶげい》科用の野戦グラウンドの中で、レイフォンは復元《ふくげん》させた錬金鋼《ダイト》の剣《けん》を握《にぎ》って、途方《とほう》に暮《く》れていた。

ハーレイが調整してくれた剣は、青石錬金鋼《サファイアダイト》の細剣だった。細く長い剣が青いきらめきを散らしている。宝石《ほうせき》のような輝《かがや》きは、野戦グラウンドの中に植えられた木々に隠《かく》れた中では目立って仕方がない。

樹木《じゅもく》に体を横たえて、レイフォンは息を整えていた。ほんのわずかな鼓動《こどう》の乱《みだ》れも許《ゆる》されない。訓練用の自動機械たちは自然の中に紛《まぎ》れようとする異音《いおん》を明確に察知して、攻撃《こうげき》をしかけてくる。

予定通りに進まない苛立ちが、レイフォンを責《せ》めている。自分だけの責任《せきにん》ではないと思うのだが、目の前にいるのはレイフォンだけだ。フェリもシャーニッドも後方に控《ひか》えている。

あの、機関掃除《そうじ》で電子精霊《せいれい》ツェルニに会って以来、ニーナの笑《え》みを見たことはない。

今日の苛立ちの原因《げんいん》は、まずシャーニッドにあった。訓練時間に遅《おく》れてきたのだ。ニーナは激《はげ》しく叱責《しっせき》したのだが、シャーニッドに通じたようには見えなかった。特に反省する様子も、だからといって不満の色を見せることもなく軽薄《けいはく》な謝罪《しゃざい》を述《の》べて、自分の武器を復元する。

シャーニッドの武器は狙撃銃《そげきじゅう》だった。銀白の軽金錬金鋼《リチウムダイト》のボディ。長い銃身に大きなスコープ。外力系衝剄《けいしょうけい》を砲弾《ほうだん》のようにして撃《う》ち込む彼の火力支援《しえん》がなければ、自動機械の攻撃をかわしてここまで来るのは不可能《ふかのう》だったろう。

しかしそれでも、レイフォンは不安を隠《かく》せない。

シャーニッドの視線がどこを見ているかがわからないのだ。呼吸《こきゅう》が合わないとはまさにこのことだろうと、レイフォンは息が乱れない程度《ていど》にため息を吐《つ》いた。

そして、敵《てき》の位置を把握《はあく》しきれないのも不安だ。

小隊の最後の一人、フェリの役目は情報《じょうほう》支援だった。銀髪《ぎんぱつ》の人形的美少女の武器は重晶錬金鋼《バーライトダイト》の半透明《はんとうめい》な杖《つえ》。鱗《うろこ》を寄《よ》せ集めたような形をした杖は、まさしくその鱗部分を分解《ぶんかい》して使用する。

フェリは、念威《ねんい》操作《そうさ》の能力を持っていた。物体を見えない手を使って操作するのが念威操作能力だ。それによってフェリは、分解された鱗を飛ばし、その鱗を介《かい》して広範囲《こうはんい》の情報を収拾《しゅうしゅう》することができる。

そして、仲間に伝達する。

「一〇〇五《ヒトマルマルゴ》に動反応《どうはんのう》二つ」

片耳《かたみみ》に付けられた通信機が淡々《たんたん》としたフェリの声を耳に届《とど》ける。これもまたフェリの念威操作能力のたまものであり、通常《つうじょう》の通信機よりも盗聴《とうちょう》はされ難《づら》い。

視線を交《か》わして合図することもなく、レイフォンとニーナはその場から飛び出した。今まで二人がいた場所に突如《とつじょ》として樽《たる》のような形をした自動機械が飛び込んで、腕《うで》を振《ふ》り回す。腕の先に取り付けられた染料《せんりょう》付きの木刀が辺りに赤い色彩《しきさい》をぶちまける。

「遅《おそ》いっ！」

ニーナは怒鳴《どな》り散らしながら後退《こうたい》。体勢《たいせい》を整えると鉄鞭《てつべん》で自動機械に殴《なぐ》りかかった。レイフォンはいまだにこちらに現《あらわ》れていない自動機械に向かって動く。ニーナがあれと戦っている間に、もう一体をけん制《せい》するために、樹木の陰《かげ》から姿《すがた》を見せる。

はたして、もう一体はすぐ側《そば》に控《ひか》えて、武器をいまにも振るおうとしていた。木製《もくせい》の、形だけの斧《おの》がレイフォンの頭めがけて振り下ろされ、レイフォンは一歩退《さ》がる。鼻先に空気の震《ふる》えが伝播《でんぱ》する。

図《はか》らずも開けた場所で自動機械とやり合うことになる。敵の遠距離《えんきょり》攻撃型の格好《かっこう》の的だ。

その事実に舌打《したう》ちしかけて、レイフォンは頭を下げた。斧が過ぎていく。

ニーナの鉄鞭が自動機械を制圧《せいあつ》していくのを横目に見ながら、レイフォンはどこにいるかもわからない遠距離攻撃型に気を取られ、自分の間合いに踏《ふ》み込めない。

「狙撃手はまだ見つからないか!?」

こちらの事情を察して、ニーナが通信機の向こうのフェリに怒鳴りつける。怒鳴りながら、染料付きの木刀を叩《たた》き落とし、もう一つの鉄鞭で自動機械を叩きのめした。

ニーナの勝利を見て、レイフォンは判断《はんだん》を迷《まよ》わせた。ニーナの方に敵を引き寄せて、掩《えん》護《ご》射撃《しゃげき》のできない位置で二対一の形にするか？　いや、場合によってニーナが掩護射撃の的になるし、彼女とうまく連携《れんけい》できる自信がない。それに、対抗《たいこう》試合では司令官を倒《たお》した方が勝利になる場合がある。チームリーダーであるニーナへの危険《きけん》は最小限《さいしょうげん》にしなければいけない……迷いが動きを鈍《にぶ》らせる。斧の一撃をからくもかわしたものの、レイフォンの動きは自分でも腹立《はらだ》たしいほどに滑稽《こっけい》だった。

バランスが崩《くず》れる。

そこにニーナが飛び出してくる。次なる一撃を、レイフォンが避《さ》けられないと判断したのだろう。レイフォンもそう感じた。

しかしそこに、最悪のタイミングで敵の遠距離射撃が叩き込まれた。

終了《しゅうりょう》のブザーが嫌《いや》な沈黙《ちんもく》の中で鳴り響《ひび》いた。

泥《どろ》と染料にまみれた仏頂面《ぶっちょうづら》のニーナの前で、それぞれが疲《つか》れた顔をしていた。野戦グラウンドのすぐ側にあるロッカールームだ。レイフォンは腰掛《こしか》けにぐったりと体を預《あず》け、膝《ひざ》に腕を載《の》せて床《ゆか》を見つめていた。シャーニッドは腰掛けに寝転《ねころ》び、疲れた目にタオルを当てている。平然としているのはフェリだけで、彼女は訓練時にはまとめていた髪《かみ》を下ろして、ブラシを使っていた。

ニーナだけがメンバーの前に立ち、レイフォンたちを見下ろしている。その顔には沸点《ふってん》間近の怒《いか》りがあった。

「急造《きゅうぞう》チームだ。連携が取れないのはわかっている。わかっていたことだ」

怒らせていた肩《かた》をおろし、長いため息とともにニーナが呟《つぶや》く。

そして、順々に仲間たちに質問《しつもん》をぶつけてきた。

「シャーニッド。どうしてレイフォンのカバーをしなかった？」

「味方に当てないように撃つのは難《むずか》しいんだぜ？　それこそ連携の話だ。呼吸が合わなきゃむりむり。おれの撃つタイミング。そいつの動くリズム。全部わかってなきゃ、味方と派手《はで》にやり合ってる敵を撃つなんて、怖《こわ》くてできね」

ひらひらと手を振るシャーニッドに、ニーナは「そうか」と呟き、レイフォンを見る。

「レイフォン。どうしてすぐにわたしの方に敵を引き寄せなかった？」

「司令官が叩かれれば負けです。僕《ぼく》を囮《おとり》にして狙撃手《そげきしゅ》の位置を割《わ》り出すこともできた」

「その判断はわたしがする」

「そうですね。でも、時間がなかった」

敵《てき》はすぐ近くにいて、レイフォンを攻撃《こうげき》していたのだ。のんびりと指揮《しき》を待つ余裕《よゆう》はなかった。

「フェリ。位置の割《わ》り出しが遅すぎた。もっと早くできないのか？」

「あれが限界《げんかい》です」

フェリの返答はそっけない。会話を拒否《きょひ》するようなフェリの対応《たいおう》にニーナの表情《ひょうじょう》がきしんだように見えた。怒鳴るか？　レイフォンはそう思って肩に力を入れたが、ニーナは押《お》し黙《だま》ったまま、ブラシを使い続けるフェリを睨《にら》むだけだった。

痛《いた》い沈黙がロッカールームに充満《じゅうまん》した。

今度の沈黙はいつあけるともわからない、長いものだった。気まずく、そしてふて腐《くさ》れたような空気が充満している。息が詰《つ》まりそうだったが、レイフォンはその空気を和《なご》ませようとは思わなかった。

疲れていたのもある。

それに……

「失礼するよう……と」

ノックもなく入ってきたのはハーレイだった。気まずい空気をすぐに察して、足を止め

る。

「なんだ？」

「あ、ああ。レイフォン君の錬金鋼《ダイト》の調節にね」

ニーナに睨まれて、ハーレイはこめかみをかきながら答えた。口を開いたことで思い切りが付いたのか、ハーレイは手にしていた荷物を腰掛けに下ろすと、がちゃがちゃとそれを開いた。

「ここ数日使ったんだから、もっと細かい調整ができると思ってね。他《ほか》のみんなも、なにか違和感《いわ》あったら言ってよ」

「ん〜にゃ、なんにもなし」

シャーニッドがのっそりと起き上がる。

「ハーレイの調整は完璧《かんぺき》だ。おかげでおれは楽ができてるよ」

「わたしも、ありません」

フェリも首を振《ふ》る。

「そう。よかった。ニーナは？」

「ない。あればわたしから言う」

「了解《りょうかい》」

腰掛けの上に機材をばら撒《ま》いている音だけが響《ひび》く。ほんの少しの間、レイフォンたちはハーレイの動きを見つめていた。視《し》線《せん》に気付いているはずなのに、ハーレイは口笛でも吹《ふ》きそうなほどに上機嫌《じょうきげん》な顔だ。

少しだけ、空気が和んだ気がした。

いや、しらけただけかもしれない。

「さて、と……」

起き上がったシャーニッドがそのまま自分のバッグを拾って立ち上がる。

「どこにいく？」

「訓練は終わりだろ？　ミーティングったってこれ以上話し合うこともなさそだし。シャワー浴びて帰るわけ。デートの約束もあるし」

「なっ！」

「では、わたしも失礼させていただきます」

シャーニッドの横で、フェリも静かな動作で自分の鞄《かばん》を拾い上げた。

「おや、フェリちゃんは汗流《あせ》さないわけ？」

「それほど汗を流していませんし。……ここでは覗《のぞ》かれそうです」

「ははっ、残念ながら。フェリちゃんがもうちょっと成長しないと無理だねぇ」

からかいの言葉も無視して、フェリはそのまま出て行く。シャーニッドはフェリの反応《はんのう》に肩をすくめただけで済《す》まし、シャワールームへと向かっていった。

ニーナが一人立ち尽《つ》くしているのを、レイフォンが見上げているという形になってしまった。言葉をなくし肩《かた》を震《ふる》わせるニーナにかける言葉もない。かといって、ハーレイにつかまっている以上、この場から逃《に》げるわけにもいかない。

だからといって、黙っているわけにもいかないような気がした。ハーレイは機材を動かすのに集中していて、周りが見えていないようだし、ニーナもどこで落ち着けばいいのかわからない様子だ。

貧乏《びんぼう》くじだなぁと、話す内容《ないよう》も思い浮《う》かばないままに声をかけた。

「あの……」

「型の練習をしている。調整が終わったら来い」

殴《なぐ》りつけるように吐《は》き捨《す》てると、ニーナまで出て行ってしまった。苛立《いらだ》たしげに閉《し》められたドアの音が、ロッカールームの空気をとげとげしく震わせる。

「……あれで、ニーナももう少し落ち着けたらいいんだろうけどねぇ」

にこやかに言うハーレイにレイフォンは乾《かわ》いた笑いを浮かべるしかなかった。

「いや、本当に。ニーナはもともと、もっと冷静に行動できるんだよ。でも、今はちょっといらついてるね。仕方がないことではあるんだけど」

ニコニコとしたまま、ハーレイはコードをレイフォンの錬金鋼《ダイト》に巻《ま》き付けていく。

「先輩《せんぱい》のこと、詳《くわ》しいんですね」

「ま、ね。一応《いちおう》は幼馴染《おさななじみ》であるわけだし」

「へぇ……って、え？」

納得《なっとく》しかけて、レイフォンは首を傾《かし》げた。

「え？　でも、先輩確か……」

家出してここに来た。そう言っていたはずだ。

「ああ、家出？　家出した先に知人がまったくいないなんて道理があると思うかい？」

楽しそうにそう言われると、確かにそうだ。

「いや、そうですよね。なんでそう思ったんだろう？」

思い返してみれば、なんとなく理由があるような気もする。ニーナは親の反対を押し切ってここに来ている。そういう強い決意のようなものが、孤高《ここう》のような雰囲気《ふんいき》を生んでいたのではないかと思う。

だから、昔からの知人などここにはいないと、そう思っていたのだろう。

レイフォン自身が、ここにグレンダンの知人がいないことも原因《げんいん》に違《ちが》いない。

（ああ、そうか。僕の場合とは違うものな）

自分の勘違《かんちが》いを内心でだけ笑ってきれいに流す。クラスで仲良くなった三人も同郷《どうきょう》だと言っていたじゃないかと、自分に呆《あき》れる。

ハーレイに指示《しじ》されて、錬金鋼を復元《ふくげん》する。巻き付けられたコードから得られる情報《じょうほう》を機材のモニターで眺《なが》めているハーレイに、レイフォンは質問《しつもん》を投げかけた。

「どうして、先輩は小隊を作ったんですかね？」

「不思議かい？」

「だって、先輩はまだ三年ですよ？　小隊の隊長のほとんどは四年から上だって聞きました。まだ時間はあるじゃないですか」

「そうだね。学年だけ見たら、時間はまだあるんだろうね」

うんうんと頷《うなず》いて、「でもね」と繋《つな》げる。

「でも、この都市に時間があるかどうかは、わからないじゃないか」

キーボードの上で躍《おど》る指先に淀《よど》みを加えることもなく、ハーレイはレイフォンに言葉を返してくる。

「知ってるでしょ？　生徒会長には聞いたはずだよ」

「ええ」

「あの人は、ここ最近ああやって戦力の増強《ぞうきょう》に努めてるからね。危機意識《ききいしき》を持たせるため
だって言ってるみたいだけど」
「違うんですか？」
「違わないだろうね。でも、それで全《すべ》てだと思わない。なにしろ、強引《ごういん》な人だから」
「…………」
「まあ、生徒会長はとりあえずほっとくとして」
嫌《いや》な記憶《きおく》が蘇《よみがえ》って青くなったレイフォンに、ハーレイが手を叩《たた》いて現実《げんじつ》に引き戻《もど》す。
「ニーナにとって、この学園の時間は大切なんだ。家出の話を知ってるんなら、聞いてる
んじゃないのかい？」
レイフォンは黙《だま》って頷いた。ほとんどの人間が知ることのない、生まれた都市以外の世
界。ニーナはそれを見たいと言った。
「貴重《きちょう》な体験だよ。学生だけで構成《こうせい》された都市というのも十分貴重だけれど、それ以上に
外の世界を知るというのはとても貴重な体験だ。体験できない人たちがたくさんいるんだ
からね」
しかしそれでも、学園都市は武芸《ぶげい》大会という名の戦争……同種都市同士の燃料争いがで
きるぐらいの数がある。つまりはそれだけ、学生だけで、あるいは学校を中心として運営《うんえい》

されているという都市というものがあるという証拠《しょうこ》だ。

そして、それがレイフォンに人間というのは自分が思っている以上にたくさんいるらしいということを教えてくれる。

しかし、その多くとはほとんど顔を合わす機会などない。もちろん、生まれ故郷《こきょう》であるグレンダンに住む人間の全ての顔をレイフォンが知っているわけではない。グレンダンにだって、十万人ぐらいは人がいたはずだ。

だが、同じ都市に住む人間なら会おうと思えば会うことはできる。他の都市にいる人間とは、会おうと思えば会えるかもしれないが、その困難《こんなん》さは天と地の差だ。

わざわざ汚染獣《おせんじゅう》の脅威《きょうい》に怯《おび》えながら放浪《ほうろう》バスに乗って他所《よそ》の都市にまで行くほどの理由なんて、そうそうあるわけもない。

都市から都市へ移動《いどう》するのはとても大変で、命の危険《きけん》を伴《ともな》う。

隔絶《かくぜつ》された世界の中で、まるで夜空の星のように無数の都市がさまよっている。それを想像《そうぞう》するのはなにか、とんでもない広がりのようなものをレイフォンの胸《むね》に抱《いだ》かせて、逆《ぎゃく》に呆然《ぼうぜん》とさせてしまう。

「会うことがなかったかもしれない人々。僕たちは偶然《ぐうぜん》のような確率《かくりつ》でここにいるんだ。それを想像すると、とても面白《おもしろ》い気分になる。そう思わないかい？」

「…………」

「ニーナはそういうのをなくしたくないと思っている。自分の力でなんとかしたいと思っている。思ったらまっすぐに。それがニーナだよ」

だから、あまりニーナのことを嫌《きら》わないでください。

最後にそう付け加えられた。

別に、嫌ったつもりはない。そう思う。

ハーレイと別れてレイフォンは一人、練武館——小隊の訓練場はそう呼《よ》ぶらしい——に向かっていた。野戦グラウンドのすぐ近くにあるので、そう時間はかからない。

練武館のガラス張りの入り口が見えて、レイフォンは少しばかり肩《かた》が重くなったような気がした。その重さに気が付いているのかいないのか、レイフォン自身にもよくわかっていなかった。いや、重さがあるという事実はわかっているのだ。だけれど、どうしてもそれが自分にのしかかっている重さと感じることができない。

今期の武芸大会で敗北してしまえば、都市《ツェルニ》はエネルギーの補給源《ほきゅうげん》を失う。機関掃除《そうじ》の時に見た、都市の意識だという、あの可愛《かわい》い電子精霊《せいれい》が死んでしまうということだ。

それは、とても悲惨《ひさん》なことだと思う。

だけれど、それを実感することができない。目の前にあるガラス張りの入り口のように、向こう側が透《す》けて見えるだけの、別の場所の出来事のように感じてしまう。自分のがんばりが、都市の生死に関《かか》わりを持っているという認識《にんしき》がどうしても持てない。

入り口を抜《ぬ》けて、第十七小隊の訓練場に向かう。廊下《ろうか》には他の訓練場から漏《も》れる練習の音が建物を揺《ゆ》らしていた。武芸科の生徒が持つ様々な特殊能力《とくしゅのうりょく》に耐《た》えられるように設計《せっけい》されているのだが、防音効果《ぼうおんこうか》の方はあまり期待できないようだ。

「いい加減諦《かげんあきら》めたらどうだ？」

壁《かべ》で仕切られた訓練場の、第十七小隊のドアを開けたところで、そんな声が聞こえてきた。

レイフォンは足を止めた。

訓練場に、ニーナの他にも生徒がいた。

ニーナを取り囲むように三人。全員男だ。緊張《きんちょう》した空気がレイフォンの肌《はだ》を撫《な》で、腕《うで》が勝手に剣帯《けんたい》に伸《の》びていた。

ニーナは両手をだらりと下げ、復元《ふくげん》されて鉄鞭《てっべん》になった錬金鋼《ダイト》を握《にぎ》り締《し》めている。感情《かんじょう》を面《おもて》に表すのを拒否《きょひ》した冷たい瞳《ひとみ》が、三人を見据《みす》えていた。

レイフォンの存在《そんざい》に気付かないように、会話は続いていく。

「小隊を作るっていうのは並《なみ》のことじゃないんだ。それは十分にわかっただろう？」

喋《しゃべ》っているのは、ニーナの正面に立った一人だけだった。

「しかも隊員は……実力はあっても協調性《せい》のないシャーニッドに、後の二人は生徒会長が強引《ごういん》に武芸科に転科させた二人。士気の面でも問題がある。そんな連中を引き連れて、君は本当に、小隊として成り立たせていくことができると、武芸科の生徒を引き連れて戦っていけると思っているのか？

だとすれば君は、武芸というものをなめている」

自分が言われたわけでもないのに、腹《はら》の奥《おく》に響《ひび》くような、重さのある声だった。内力系《けい》活剄《かっけい》を使った威嚇術《いかくじゅつ》だ。外力系衝剄《しょうけい》が外部に対して剄を衝撃波《しょうげきは》の形で放つのとは逆に、内力系活剄は、肉体を直接《ちょくせつ》強化する。

活剄の乗った声に、ニーナの全身が震《ふる》えたように見えた。

「最後にもう一度言う。うちの隊に来い、ニーナ・アントーク。君の冷静な判断《はんだん》能力と鉄《てっ》壁《ぺき》の守備《しゅび》能力を第三小隊は必要としている。そして、君はうちで強くなればいい」

ニーナが肩を震わせた。しかし、その目が活剄の威嚇術に怯《ひる》んだ様子はまったくなかった。

ニーナは差し伸べられた手を見ていない。まっすぐに、正面の男の目だけを見ている。

「申し出は大変ありがたいと思います。わたくしのような者の実力を高く評価《ひょうか》していただいている。そのことには、深く感謝《かんしゃ》しています」

ニーナは、強く強く、前だけを見て言葉を紡《つむ》ぐのだ。

「しかし、それでもわたしは自分の実力を試《ため》してみたいと思います。他人にどれだけ無様に見られていようとも、自分の力で、自分の力を試してみたいと思っているのです」

はっきりとした言葉は、辺りの空気を別の意味で張《は》り詰《つ》めさせた。さっきから喋《しゃべ》っていた一人——おそらくは第三小隊の隊長——ではなく、残りの二人が怒《いか》りの混《ま》じった目をニーナに叩《たた》き付けていた。

それでも、ニーナはまるで怯まない。まっすぐに正面の男だけを見ている。

レイフォンは、ただ息を呑《の》んでいた。

ため息の音は、第三小隊の隊長が零《こぼ》したものだった。

「ま、そう言うだろうと思ったのだけれどね」

隊長が肩から力を抜くと、残りの二人も息を抜いた。

「それでもやはり、君の才能は惜《お》しいからね。……まったく、会長もどうして、君の小隊申請《しんせい》の書類を受理してしまったのか」

「すいません」

「君が謝《あやま》ることではない。君が強くなることは、この学園にとって決して悪いことにはならない」

しかし、と繋《つな》げる。

「この学園に、君の成長を見守るだけの時間が残っているとは限《かぎ》らない。そのことは十分に承知《しょうち》していてほしい」

「……わかっています」

「なら、いいんだけどね」

肩《かた》をすくめると、第三小隊の隊長はニーナに背《せ》を向けてこちらに向かって歩いてきた。出口はここしかない。ドアの前で立ち尽《つ》くしていたレイフォンは、慌《あわ》てて道を開けた。

隊長は、レイフォンのことなどまるで眼中《がんちゅう》にないかのように無言で去っていく。視線《しせん》を向けられることもなく行かれてしまった。

ドアの閉《と》じられる音が背で聞こえる。

レイフォンの横を抜けて、閉じられたドアに向かってニーナの視線は突き刺《さ》さっていた。視線はすぐ側《そば》を突《つ》き抜けているというのに、レイフォンの存在などまるで気にかけていない。自分がニーナの視界の外側にいるのだと痛感《つうかん》させられた。

自分に向けられることのない視線。

（ああ、向こう側だ）

ガラスの向こう側。肌《はだ》に痛《いた》いほどにレイフォンは実感してしまった。

自分が立っている場所が、もうここではないのだと感じさせられてしまった。

当たり前の話だ。なにを贅沢《ぜいたく》を言っていると思う。

ヴォルフシュテイン。この名を捨《す》てた時から、槍殻《そうかく》都市グレンダンを去った時から、それはわかっていたはずだ。

だから、かすかな胸《むね》の痛みを他人事《ひとごと》のように感じることができる。

そして、美しいと思うのだ。

「よし、レイフォン。練習だ」

ニーナの視線がこちらに向けられた。その表情《ひょうじょう》にはなんの迷《まよ》いもなく、さきほどの第三小隊の隊長との会話の名残《なごり》はなにもない。

「あ、はい」

頷《うなず》き、ニーナの前まで駆《か》け寄《よ》る。

だけれど、ガラスの向こう側にいるような感覚が消えることはない。

これが疎外感《そがいかん》だとわかる。

「わたしとおまえは近い位置にいることが多いからな。まずはわたしとおまえとが呼吸《こきゅう》を合わせられなければなんの話にもならない」

しっかりと前だけを見つめるその瞳《ひとみ》。

四肢《しし》に満ちている勁《けい》のきらめきは目に痛いほどだ。質《しつ》や量の話ではない。そのきらめきは、ニーナという人格《じんかく》の強さそのものを表して輝《かがや》いている。

だから、美しいと思う。

まるで、絵画のように美しいとレイフォンは感じるのだった。

だからこそ、ガラスの向こう側なのだと、レイフォンは錬金鋼《ダイト》を復元《ふくげん》させながら思った。

†

日が沈《しず》み、閉館《へいかん》時間がやってきて、レイフォンはようやくニーナから解放された。疲《つか》れきった体を引きずるようにしてシャワールームで汗《あせ》を流し、寮《りょう》への道をとぼとぼと歩いていると……

「レイとん発見！　捕《ほ》獲《かく》せよ！」

「了解《りょうかい》。捕獲する」

ミィフィの甲高《かんだか》い声とナルキの落ち着いた声が、疲《ひ》労《ろう》が重く滲《にじ》んだ体に響《ひび》いた。

次の瞬間《しゅんかん》……

ひゅるるん。

「って、え？」

気が付くと、レイフォンは縄《なわ》でぐるぐる巻《ま》きにされていた。いつの間に？　と慌《あわ》てる暇《ひま》もない。そのまま地面に転がされてしまった。

「目標を捕獲した。次の指示《しじ》を頼《たの》む」

「そのまま市中引き回し〜」

「了解した」

「いや、しないで」

「え〜」

地面に倒《たお》れたまま冷静にツッこむと、ミィフィが頬《ほお》を膨《ふく》らませる。

「いや、ありえないし。てか、なんでこんな状態《じょうたい》なわけ？」

「うむ、父直伝《じきでん》の捕縛術《ほばくじゅつ》だ。すごいだろう？」

ナルキが自慢《じまん》げに頷いた。

「確かにすごいけどね。うんすごい。でもなんでいきなりこうなわけ？　わけがわからないんだけど？」

「うむ。あたしもノリでやってるから、よくわかっていない」

「いや、ノリだけで？　ていうかこの縄は？　常時携帯《じょうじけいたい》？」

「警官《けいかん》を目指す者として、取り縄を持ち歩くのは当たり前だな」

「当たり前かなぁ？」

疑問《ぎもん》を口にしてみても、ナルキの自信満々の様子は崩《くず》れそうにない。とりあえず、そのことを追求するのは諦《あきら》めることにした。

「で、なんなわけ？」ナルキと二人でミィフィを見る。

「ん？　これからお茶しようと思ったから、レイとん待ってたわけ」

「なるほど。……で、どうしてこういう方法？」

「ノリ」

一言で言われてしまった。

「ふっふ～ん。今日はレイとん、バイトがないのは知ってるのだ。ミィちゃんの情報網《じょうほうもう》は甘《あま》くないぞ♪」

「いや、そうだけど。てか、別に断《ことわ》ってないし、断る前からこの状態だし」

「まあまあ、そんなこと言わないで。今日は特別ゲストもお招《まね》きしているのだ」

まったくレイフォンの話を聞いてない。ミィフィはナルキの陰《かげ》に隠《かく》れていたもう一人をレイフォンの前に押《お》し出した。

メイシェンだと思っていた。

が、違《ちが》った。

「……フェリ先輩《せんぱい》？」

「捕《つか》まりました」

無表情《むひょうじょう》のまま、淡々《たんたん》と、レイフォンと同じように縄にかけられたフェリがそう言った。

しばし呆然《ぼうぜん》としていたのだが……

「だ――――!!　なにしてんのさ!?」

はっと我《われ》に返り、レイフォンは慌《あわ》てて辺りを見回した。幸いにも辺りには人の姿《すがた》はない。

だけど、レイフォンを待ち伏《ぶ》せていたナルキたちがいつからここにいたのかはわからなかった。

「だって～、この間見たときからお話ししたかったたし」

「いや、だからって。なにこの状態？　やばすぎ」

「うむ、はたから見たら略取誘拐《りゃくしゅゆうかい》だな」

「……一応《いちおう》言っとくけど、生徒会長の妹さんだからね」

「それはつまり……身代金《みのしろきん》がたくさん取れるってこと？」

ミィフィがまじめな顔をして聞いてくる。

「…………」

「…………」

レイフォンとミィフィはしばし視線《しせん》を交《か》わし、

「おまわりさ〜ん。ここに誘拐犯がいます」

「よし、逮捕《たいほ》だ」

次の瞬間、ナルキによってミィフィもぐるぐる巻《ま》きにされてしまった。

「みんなで晩《ばん》ごはんを食べようという話なの」

ミィフィが降参《こうさん》し、全員の縄をナルキが解《ほど》くと、四人は繁華街《はんかがい》に向かって歩いていた。

「で、今日はメイっちがバイトしてるから、終わるのを待ってたわけ。ついでにメイっちの仕事っぷりを見学してやろうという嫌《いや》がらせ企画《きかく》も込《こ》みで」

「嫌がらせかい」

レイフォンが呆《あき》れて言うと、ミィフィはあははと笑った。

「だって、メイっちがウェイトレスしてるとこなんて、想像《そうぞう》できる？」

「……ちょっと、無理」

人見知りの激《はげ》しそうなメイシェンが接客業《せっきゃくぎょう》をしてるというのは、ちょっと想像できない。

「でしょ？　わたしもメイっちが働いてるとこ見るの初めてだから、楽しみなわけ」

ミィフィは本当に楽しそうに、レンガの敷《し》かれた通りを跳《は》ねるように歩いていく。

「あの子に積極性が出てきてるのは、良い傾向《けいこう》だよ。寂《さび》しくもあるけどね」

ミィフィの隣《となり》で、ナルキが苦笑《くしょう》して肩《かた》をすくめた。

「……三人って、けっこう古い知り合い？」

「だね、ちっちゃーい頃《ころ》からのご近所付き合いだよね」

「親同士の付き合いの延長《えんちょう》だな。生まれた頃からだ」

「それはすごいな」

素直《すなお》に感心する。レイフォンにも幼馴染《おさななじみ》と呼《よ》べる存在《そんざい》はいる。育った孤児院《こじいん》の連中がそうだ。だが、その中の誰《だれ》かがツェルニに来ているということはない。

「よく一緒《いっしょ》にここまで来たね」

「ん～、なんか腐《くさ》れ縁《えん》って感じかな？」

「だな」

「だね。知らない場所でも三人でいれば寂しくないかなって。うちの親たちもそれで納得《なっとく》してくれたんだよね」

ミィフィが語り、そのままナルキと思い出話を始める。他人の入り込めない話に、レイフォンは少しだけ二人から距離《きより》を取った。

と、隣にフェリがいた。会話に加わることもなく黙々《もくもく》と歩いているフェリは楽しげに話しているナルキたちの背《せ》を、じっと見つめていた。

「……すいません。なんか、無理に誘《さそ》っちゃったみたいで」

「……いえ」

レイフォンの言葉にも、フェリは視線《しせん》を離《はな》すことはなかった。なにを考えているかよくわからないその瞳《ひとみ》は、ずっとナルキたちを見つめている。

「縄《なわ》とか、ちょっと楽しかったですし」

「……楽しかったんですか？」

「はい」

眉《まゆ》一つ動かさずにそんなことを言う。よくわからない。本当に、なにを考えているかがわからない。それでも、怒《おこ》っていないのならまだ良かったと、レイフォンは胸《むね》を撫《な》で下ろした。

手を後ろに回し、すこし足をぶらつかせるように歩くフェリは、年上とは思えないほどに幼《おさな》い。年上といっても一学年しか違《ちが》わないのだから、それほどたいした差ではないといえばそうなのだが、それでも、ミィフィやナルキの方が年上に見えてしまうほどに、フェリの容姿《ようし》は子供《こども》っぽかった。

「えと、先輩《せんぱい》はバイトとかは？」

「いえ、してません」

「……ですか」

話すことも思いつかず、質問《しつもん》もそれで途切《とぎ》れてしまった。知ってることなどほとんどないし、ミィフィたちのようにノリがよければそれなりに会話もできあがろうものだが、フェリはそういう人物でもない。

「……そのままでいいと思いますよ」

さて困《こま》ったとレイフォンが首をひねっていると、フェリが口を開いた。

「え？」

「訓練です。レイフォンさんは、あのままでいいと思います」

「どうしてです？」

「だって、戦いたくないのでしょう？」

率直《そっちょく》にそう言われて、レイフォンは言葉を失ってしまった。

「戦いたくないのに結果を見せてたら、期待されてしまいます」

「……ですね」

苦い気分で頷《うなず》いた。

「したくもないことに本気を出すなんて馬鹿《ばか》げています」

それは、フェリもまた訓練では本気を出していないということなのだろう。そして、レイフォンもまた。

レイフォンはこんなにも疲《つか》れている原因《げんいん》がわかったような気がした。離れたいと思っている場所から逃《に》げられないでいる。その気持ちが体力を必要以上に浪費《ろうひ》させているのだ。集中力が足りてないから余計《よけい》な動きをしてしまう。余計な動きをしてしまうから、隙《すき》もできるし、体力も使ってしまう。

「なんだか、どん詰《づ》まりって感じですね」

やりたくない。でもやらなければならない。そんな中でできるわずかな抵抗《ていこう》の方法は努力しないこと、こんなものしかない。

そして、努力しないからこそ、こんなにも疲れる。

「それでも、わたしはこれで抵抗しています。この学園にいる以上、兄から逃げることはできません。だとしたら後は、兄にわたしを諦《あきら》めてもらう以外にはないです」

「……お兄さんのこと、嫌《きら》いなんですか？」

前に恨《うら》んでいると言っていた。だから、こんな質問は無駄《むだ》なのかもしれない。でも嫌いと恨むでは、違うかもしれない。その差がどこにあるのかなんてうまい説明はレイフォンにはできないけれど。

「嫌いです。わたしを見てくれませんから」

これまた、はっきりと言う。

レイフォンはかける言葉もなく。フェリの隣《となり》を歩くので精一杯《せいいっぱい》の気分になった。フェリの方は会話が途切《とぎ》れたことを特に気にした様子もない。

いつの間にか離《はな》れていた二人が、店の前で手を振《ふ》っていた。


「……ひどい。みんな」

「いいじゃん。可愛《かわい》かったんだから」

恨めしそうに見つめるメイシェンに、ミィフィは平然とした顔だ。

メイシェンの働いていた喫茶店《きっさてん》から、レイフォンたちは近所の店に場所を変えていた。上級生であればアルコールも許《ゆる》される店で、レイフォンたちの前には、串焼《くしや》きの肉や野菜が皿に載《の》せられてテーブルに置かれている。

空いた串をテーブルに置かれた木製《もくせい》の筒《つつ》に入れながら、ナルキがまじめな顔をして頷く。

「うむ。確かに可愛かった。おのれメイっち。あたしにあんな格好《かっこう》ができないことへの嫌《いや》がらせか？」

「……そんなんじゃないもん」

「うむ、わかってる」

どこまで本気かわからないナルキに、メイシェンは頰《ほお》を膨《ふく》らませた。

レイフォンたちが喫茶店に入ると、ウェイトレス姿《すがた》のメイシェンはあからさまに顔を青くさせて硬直《こうちょく》してしまった。しかも、運良くなのか悪くなのか、閉店《へいてん》前のその喫茶店にはメイシェン以外にウェイトレスがいなかったのだ。まるで小動物のように震《ふる》えながら注文をとりにくるメイシェンに、レイフォンなどは申し訳《わけ》ない気分になったのだが、ミィフィは楽しそうにちょっかいをかけていた。

「でも、メイっちは本当に可愛かったよね？　レイとん」

「うあ？」

いきなり話を振られて、レイフォンは慌《あわ》てながらも喫茶店でのメイシェンの姿を思い出していた。

正直な話、濃《こ》いめの紺地《こんじ》の、メイド風な地味な衣装《いしょう》そのものを可愛いとは思わなかった。だけれど、トレイに顔を隠《かく》すようにして注文をとりに来たメイシェンの姿は可愛いと思ったのは確かだ。

それを素直《すなお》に話すと、メイシェンは沸騰《ふっとう》するように真っ赤になって俯《うつむ》いてしまった。

「おお、レイとん。なかなかやるな。この女たらし〜」

「なんで？」

「うむ、衣装を合わせた上で褒《ほ》めるとはなかなかの高等テクニックだな」

「メイっちどする〜？　好感度アップだよ？」

「……ミィちゃん、ナッキ。怒《おこ》るよ」

三者三様勝手に騒《さわ》いでいる。レイフォンはため息を吐《つ》いて、隣に座《すわ》っているフェリに目を向けた。

黙々《もくもく》と、串に刺《さ》された鳥肉を食べていた。

話に加わろうというつもりはなさそうで、食べ終えた串を筒に入れると、次の串をどれにするか、まるで難問《なんもん》に挑戦《ちょうせん》する数学者のような目で、皿を見つめている。

（こっちはこっちで、小動物っぽいなぁ）

食べるのに一生懸命《けんめい》な様子は正直可愛らしい。

レイフォンはバター焼きされた茎《くき》野菜を齧《かじ》りながら、ぼんやりと三人の会話を聞いていた。

「まあ、メイっちをいじるのはこれぐらいにして。あそこのケーキ、ほんとに美味《おい》しかったね」

「……でしょ」

「うん、嫌みのない甘《あま》さだった。メイっちが惚《ほ》れ込《こ》むのもわかるな。で、どうなんだ？　教えてくれそうなのか？」

「……わかんないけど、そのうち教えてくれるみたい。本当はずっと厨房《ちゅうぼう》にいたいけど」

「まあ、あの可愛さっぷりを見せられたら接客《せっきゃく》の方に回されちゃうよねぇ」

「……ミィちゃん」

「はいはい。ま、わたしの調べたところだと、どこの店でも厨房に回されるのはやっぱり調理実習で単位とった生徒が優先《ゆうせん》っぽいね」

「まぁ、妥当《だとう》なところではあるな。単位の取得が、そのままある程度《ていど》の実力の保証《ほしょう》になるわけだからな」

「でも、単位取るんなら、最低でも半年はかかるわけだけどね」

「……うう、半年」

「作りたがりのメイっちに、半年もウェイトレスだけで我慢《がまん》できるのかな～」

「……いいもん、味盗《ぬす》むから」

「おお、だいたん発言」

「……わたしより、二人はどうなの？」

「わたし〜？　わたしはバイト先決まりそう」

「雑誌社《ざっし》か？」

「そそ、使いっぱだけどね。ナッキは？」

「あたしも都市警《としけい》が決まりそうだな。武芸科《ぶげい》の志願者《しがんしゃ》が多いから、まだ油断《ゆだん》はできないが」

「へぇ。都市警なら早めに帯剣許可《たいけんきょか》が下りるんじゃなかったっけ？」

「まあな。だが、打棒限定《だぼうげんてい》だ」

「ふふ〜ん。でも、嬉《うれ》しそうよね？　やっぱ、レイとんが先に帯剣できてるのはジェラシー？」

「そういうのは別にどうでもいいな。だが、打棒は警官の誇《ほこ》りだからな。やはり欲《ほ》しい」

「なるなる」

　せわしない三人の会話を、レイフォンは串《くし》に刺さった野菜を齧りながら聞いていた。遠い話だなとここでも感じてしまう自分を、どうしようもなく思ってしまう。

　ガラスの向こう側だ。

　見えるし、音も聞こえる。だけど、触《さわ》ることはできないし、踏《ふ》み込むこともできない。

自分が入り込めない領域《りょういき》で楽しそうに語る三人を、レイフォンは目を細めて見つめた。

口を挟《はさ》む隙間《すきま》なんて、どこにもなかった。

いつまでも続きそうだったおしゃべりも、寮《りょう》の門限《もんげん》の時間が近づいたところでお開きとなった。

学生寮は都市のあちこちに分散している。方角の違《ちが》うナルキたちと途中《とちゅう》で別れ、気付くとフェリと二人、同じ方向に向かって歩いていた。

「……先輩《せんぱい》も、こっち方向ですか？」

「そうです。奇《き》遇《ぐう》ですね」

奇遇というほどのものでもないが、レイフォンは頷《うなず》くだけはしてみせた。

「なんか、話に入れませんでしたね。すいません、僕《ぼく》も気が利《き》かなくて」

結局、レイフォンもほとんど話に加わらないまま時間だけが過《す》ぎていった。三人のお喋《しゃべ》りには気心の知れた者同士特有の空気が流れていて、レイフォンはうまく口を挟むことができなかった。

頭を下げたレイフォンに、フェリは小さく首を振《ふ》る。

「いいです。楽しかったですから」

「ですか。ならいいんですけど」

しかし、無表情《むひょうじょう》なフェリを見ていると本当に楽しかったのかどうか確認《かくにん》するのが難《むずか》しい。人気《ひとけ》もなく、街灯《がいとう》だけが照らす道を会話もなく進んでいくのは、レイフォンを気まずい気分にさせた。二人の足音がよく聞こえる。都市部にいたら、普段《ふだん》気にならない程度《ていど》にしか聞こえない都市の足音もまた、今はやけに耳に届《とど》く。

「わたしが喋らないのは、別に不満があったからではないですよ」

唐突《とうとつ》に、フェリが口を開いた。

「あ、そうなんですか？」

「あまり友達というものができたことがないので、なにを話せば良いのか、わからないんです」

街灯の下から抜《ぬ》けたところで、そんなことを言う。レイフォンは隣《となり》を歩くフェリを見た。

しかし、薄闇《うすやみ》の中に沈《しず》んだ彼女の表情はよくわからない。

と、銀の髪《かみ》が薄闇をはね散らして、燐光《りんこう》のようなものを飛ばしていた。レイフォンは目を瞠《みは》った。

「先輩」

「あ、すみません。少し、制御《せいぎょ》が甘《あま》くなってました」

フェリは腰《こし》まで届《とど》く長い白銀《しろがね》の髪を手で押《お》さえた。今や彼女の髪は青い燐光をまとい、ほのかな光を辺りに振りまいている。熱もなにもなく、ただ波動のような微細《びさい》な空気の揺《ゆ》れが、すぐ側《そば》にあるレイフォンの左腕《ひだりうで》に伝わってきた。

念威《ねんい》だ。外力系衝剄《けいしょうけい》でもあり、内力系活剄《かっけい》でもあり、同時にその二つとはまったく異《こと》なる。同じく人の体内に流れる剄を利用しながら、訓練だけでは会得《えとく》できない、本当の意味での選ばれた限定的《げんてい》才能《さいのう》……それが念威だ。

レイフォンは絶句《ぜっく》したまま、髪を押さえるフェリを見つめた。よく見れば彼女の眉毛《まゆげ》や睫《まつげ》も燐光を放っている。

髪は剄や念威にとって優秀《ゆうしゅう》な導体《どうたい》となる。髪で編《あ》んだ鞭《むち》に剄を走らせて使う者をレイフォンは知っていた。

(制御が甘くなった?)

その言葉にレイフォンは驚《おどろ》いていた。ただそれだけのことで、長い髪の先まで余《あま》すことなく念威の光を零《こぼ》すなんて……念威の量が尋常《じんじょう》ではないことを示《しめ》している。

「先輩……」

「……これが、兄がわたしを武芸《ぶげい》科に入れた理由です」

すでに光を失った髪を押さえたまま、フェリはぽつりと呟《つぶや》いた。

「わたしの念威は通常では考えられない量だそうです」

「でしょうね」

念威によって髪が光るという現象《げんしょう》はレイフォンも見たことがある。だがそれは精々《せいぜい》、髪の一部だ。フェリのように髪の全《すべ》てを輝《かがや》かすなんて状態《じょうたい》は——しかも無意識《むいしき》で——見たことがない。

「これのせいで、わたしは幼《おさな》い時から念威専門の訓練を受けてきました。家族の誰《だれ》もが、わたしが念威繰者《そうしゃ》になる将来《しょうらい》を疑《うたが》うことはありませんでした。わたしも、最初は疑ってはいませんでした」

「でも……」とフェリは付け足す。その瞬間《しゅんかん》、レイフォンは彼女の感情が揺らいだのを確《たし》かに感じた。

唇《くちびる》が、零《こぼ》れた言葉とは違う震《ふる》えを見せたのを、見逃《みのが》さなかった。

「みんな、将来は決まっているのだと思ってた。みんな、自分がなにになるのか知っているのだと思ってた。でも、違うんですよね。当たり前の話です。自分が犯罪者《はんざいしゃ》になるしかないなんて知ってる人がいるわけないです」

自分のジョークに笑うでもなく、フェリは淡々《たんたん》と告げる。もしかしたらジョークではなかったのかもしれない。判断《はんだん》に迷《まよ》って、レイフォンは笑わなかった。

「それに気付いた時、わたしは念威繰者にならない自分を想像《そうぞう》してみました。誰もが自分の将来を知らないのに、自分だけは小さな時からなるものが決まってる。そんな状況《じょうきょう》に、耐《た》えられなくなったんです。

だから、生まれ故郷《こきょう》の都市から離《はな》れて、ここに来ました」

外の都市を見てみたいというフェリに、親が最大限《さいだいげん》の譲歩《じょうほ》として示《しめ》したのが、兄が在学《ざいがく》しているツェルニだったのだという。

「両親は、わたしが六年間念威の訓練から離れたとしても、たいした問題にはならないと思ってくれたようです。その間に、わたしはもう一人の自分を、念威繰者になることのない、別の自分を見つけられるのではないか、そう思ってました」

しかし、それはできなかった。

ツェルニの状況と、それをなんとかするための頂点《ちょうてん》に立つ人間が実の兄だったために。

「わたしは、兄を恨《うら》みます。わたしに念威繰者の道しか示せない兄を恨みます」

淡々としたフェリの呟きを、レイフォンは黙《だま》って聞いていた。感情の揺らぎの見えない淡々とした声なのに、軋《きし》むような悲しみの音がその内側にこもっているように感じられてならなかった。

「そして、念威繰者にしかなれない、自分が嫌《きら》いです」

絶大な才能を持つが故《ゆえ》に、決まってしまった自分の将来から逃《に》げられない少女はそう呟いた。

「あの人たち、眩《まぶ》しかったですね」

最後にそう呟いたフェリに、レイフォンは黙って頷いた。

それは、レイフォンも感じていたことだった。

04 試合

前の手紙から、少し時間が空いてしまったね。ちょっといろいろと大変だったんだ。機関掃除《そうじ》の仕事や学校の生活にね。

君からの返事はまだ届《とど》いてない。僕の手紙は無事にそちらに届いているのだろうか？

自分の将来を見つめるということは、とても大変な作業なんだなと痛感《つうかん》しています。グレンダンにいる時は、手っ取り早く剣《けん》を選んでしまったけれど、そして、幸いにも僕は幸運に恵《めぐ》まれていたのだけれど、本来、自分の将来を決めるということは、とても勇気のいるものではないかと、今は思っています。

でも、自分のやりたいことに、したいことにまっすぐな人たちを見ていると、勇気だなど感じている自分がとても滑稽《こっけい》で愚《おろ》かなようにも思えてしまいます。本当は、そんなものはまったく必要なくて、ただまっすぐに自分が見たいものを見ているだけで十分なんじゃないか、そんな風にも思ってしまいます。

ははは、弱気だね。うん、自分でもわかる。ツェルニに来ているけれど、僕はまだ、僕が本当にやりたいことが見つかっていません。

学校生活はとても順調です。

六年間の中で、僕が本当にやりたいことが見つかるといいと思います。あまりののんびりもしていられないけれど、あせっても仕方ないとも思うので。

君の方はどうだろう？　大丈夫《だいじょうぶ》だと思うけれど。

君の未来に幸があらんことを。

親愛なるリーリン・マーフェスへ

レイフォン・アルセイフ

†

お金が欲《ほ》しかった。

天剣の名声なんて、実のところどうでもよかった。師匠《ししょう》に剣の才能《さいのう》を褒《ほ》められ、お金を稼《かせ》ぐためには剣を取るのが手っ取り早いと思った。

槍殻《そうかく》都市グレンダン。武芸《ぶげい》の盛《さか》んなこの都市に生まれたことも幸運だった。両親が誰かも知らないが、剣の才能を授《さず》けてくれたことだけは感謝《かんしゃ》している。

この才能で金を稼ぐ。

ただそのためだけに、生まれてからの十五年間を過《す》ごした。

更《さら》なる幸運は、たかが十四歳《さい》でしかない子供《こども》の自分が天剣授受者《じゅじゅしゃ》でいられたという事実。

もう金に困《こま》ることなんてないと思っていた。

ざわついた空気が、控《ひか》え室に続く狭《せま》い廊下《ろうか》にまで届いていた。

無言のまま、レイフォンはその廊下を歩く。ざわついた空気が全《すべ》て自分にのしかかっているようで、レイフォンは細いため息を吐《つ》いて、胸《むね》に溜《た》まった錯覚《さっかく》を押し出そうとした。

無理だった。

空になったと思ったら、またすぐにざわめきが胸に流れ込《こ》んできて一杯《いっぱい》になる。胃《い》を圧《あっ》迫《ぱく》する重みに、レイフォンは腹《はら》をなでた。

「うう……」

「大丈夫か？」

隣《となり》を歩いていたニーナがそう訊《たず》ねてくる。

「……そういう先輩《せんぱい》こそ、顔色良くありませんよ？」

「馬鹿《ばか》を言うな、わたしは平静だ」

そんなことを言っていても、落ち着きがないのは一目でわかる。いつもよりも目線がよく動くし、歩き方にも落ち着きがない。

「とにかく、今日の相手である第十六小隊は機動性《せい》では群《ぐん》を抜《ぬ》いているという話だ。浮《うわ》ついていると、あっという間に隙《すき》を突《つ》かれるぞ」

「その話、もう三回目ですよ」

言うと、むっとした顔で睨《にら》まれた。頬《ほお》の上辺りがわずかに赤くなっていて、照れ隠《かく》しだというのがわかるから怖《こわ》くはない。それでもレイフォンは、わざとらしく視線《しせん》をそらした。

「いいか。悪いがシャーニッドの支援《しえん》にあまり効果《こうか》は望めないだろう。あいつには単独《たんどく》で動いてもらうことになるからな。それに、フェリの探査精度《たんさせいど》も上がっていない」

ニーナが苦々しい顔で言った。

あれから訓練を続けたものの、シャーニッドの遠距離到射《えんきよりけいしゃ》支援との連携《れんけい》はまるでうまくいかず、フェリの探査精度が上がるということもなかった。

（まあ、そうだよな）

シャーニッドの方はわからないが、フェリの方は当たり前なのだ。兄に自分を諦《あきら》めさせるために本気を出さないと決めた彼女が、隊のために役に立つということはないのだ。

（それは、僕もだけど）

「今回はこちらが攻め手だからな。わたしがやられない限《かぎ》りは負けではない。場当たり的に、力押しでいくぞ。おまえとの連携だけは、なんとかマシになったんだからな」

ニーナの拳《こぶし》がレイフォンの胸《むね》を叩《たた》く。軽くだったのだが、レイフォンは軽く咳《せ》き込んだ。

小隊訓練が終わった後は、常《つね》にニーナの個《こ》人《じん》練習に付き合ってきた。その甲斐《かい》あって、ニーナの動きの癖《くせ》はわかってきた。ニーナの方も、レイフォンがどんな動きをするかはわかってきているのだろう。

手にした試合場のマップを眺《なが》めながら、ニーナはぶつぶつとなにかを呟《つぶや》いている。きっと作戦を練《ね》っているのだろう。今の戦力だけでどうやって勝てるか、必死に考えているに違《ちが》いない。

ニーナの充血《じゅうけつ》した目やわずかにできた隈《くま》を見ると、彼女がどれだけこの試合に勝つために執念《しゅうねん》を燃《も》やしているかが、よくわかる。

そう、今日は小隊の対抗《たいこう》試合なのだ。

試合。その言葉を頭に浮《う》かべるだけで、また胃がきりきりしてくる。下半身の落ち着かない感じに、レイフォンは情《なさ》けない気分になった。

「すいません、ちょっとトイレ」

「わかった。先に行っているぞ」

マップを見つめたまま頷《うなず》くニーナに軽く頭を下げて、レイフォンは近くのトイレに入った。

蛇口《じゃぐち》から流れる水を手で掬《すく》い取り、思い切り顔に叩《たた》き付ける。冷たい感触《かんしょく》が、ほんの少しだけ気分を冴《さ》えさせてくれた。

「うう、でもダメだな」

締《し》め付けるような胃の痛《いた》みは治まらないし、依然《いぜん》、胸《むね》の奥《おく》にプレッシャーが溜《た》まっているような感じがする。

「まいったな」

「どうしたね。落ち着かない様子だが？」

再《ふたた》び顔を洗《あら》おうと蛇口に手を伸《の》ばしていると、背後《はいご》から声がかかった。振《ふ》り返らず、正面の鏡越《ご》しに相手を見る。

カリアンが妹からは想像《そうぞう》できない柔和《にゅうわ》な笑《え》みを浮かべて、鏡越しにレイフォンを見ていた。

「……なにか用ですか？」

「そう警戒《けいかい》することもない。私はただ、新しく編制《へんせい》された小隊の激励《げきれい》に来ただけだよ。その途中《とちゅう》で君を見かけたのでね。あまり調子が良くないようだが？」

「試合前です。緊張《きんちょう》くらいしますよ」

初めて会った時の威圧《いあつ》感を覚えることはなかった。ただ、きりきりと痛む胃に別の不快《ふかい》感が混《ま》じったような気がして、鏡に映《うつ》る自分の目つきが悪くなる。

「まさか。君にとってはこんな試合、それこそ子供《こども》のお遊びのようなものではないかな？ヴォルフシュテイン？」

「……その名前を何度出したところで、意味なんてありませんよ。すでにその名前は僕《ぼく》のものではない。グレンダンを追われたようなものです。天剣《てんけん》だって持ってません」

カリアンに対する不快感……それはフェリから話を聞いたためだろうと思う。目的のために自分の妹さえ利用するその冷たさが、レイフォンに反発を覚えさせる。

「なぜだね？　学費の免除《めんじょ》だけでは不服だったかな？　そういえば、機関掃除《そうじ》の仕事をしているそうじゃないか。なにかお金が必要なことでもあるのかな？　だとしたら……」

「そういう問題ではなく……」

「では、どういう問題なのかな？　レイフォン・アルセイフ。私の知るヴォルフシュテインという天剣使いは名誉《めいよ》に固執《こしゅう》することなく、ただ金を必要とする人間であるという話だったがな」

表情《ひょうじょう》をまるで変えることなく、的確《てきかく》に鋭《するど》いところを突《つ》いてくる。レイフォンはタイル床《ゆか》を叩きつけるように踏《ふ》みしめ、その音で我《われ》に返った。

鏡越しではないカリアンは、やはり変わらない笑みのままレイフォンの反応《はんのう》を見ている。

「あなたがその情報《じょうほう》をどうやって手に入れたのか知りませんが……その情報は完全じゃない」

「ふむ。ではどういうことなのかな？　ヴォルフシュテインとは一体どのような人物なのか、私に説明してくれるかな？」

「嫌《いや》ですね。あなたに教えることじゃない」

「ならばそれでもいいとも。私はただ、君の健闘《けんとう》に期待するだけだから」

会話は一方的に打ち切られた。カリアンは背《せ》を向け、そのまま廊下《ろうか》へと出て行く。追いかける気にもなれず、レイフォンは立ち尽《つ》くしたままその背を見つめていた。

「そうそう……」

ふと、カリアンが足を止めた。

「手を抜《ぬ》いていれば一般《いっぱん》教養科に戻《もど》れるなどと、甘《あま》いことは考えないでもらいたい。最初に言ったが、私はこの学園を存続《そんぞく》させるためならどんなことだってする。使えるものはなんでも使うよ」

「たとえ妹でも？」

「たとえ妹でも、だよ。では、私は行くよ」

そう言って、カリアンはレイフォンの視界《しかい》から消えた。そのままレイフォンたち第十七小隊の控《ひか》え室に行ったのだろう。レイフォンはその場から動けなかった。控え室に行ってカリアンの顔をもう一度見るなんて間抜けなことはしたくなかった。

洗面台《せんめんだい》の縁《へり》に腰掛《こしか》け、レイフォンは濡《ぬ》れたままの顔を押《お》さえて天井《てんじょう》を仰《あお》いだ。

「あ〜……もう！」

言葉にならない気持ちを吐《は》き出しても、胃《い》の痛《いた》みは治まらなかった。

†

恨《うら》めしげに、メイシェンは膝《ひざ》の上に置いたバスケットを眺《なが》めていた。

「しょうがないじゃん。試合前は関係者以外立ち入り禁止《きんし》だって言われたんだから」

野戦グラウンドの観客席で、ミィフィは隣《となり》でふて腐《くさ》れているメイシェンをそう言って宥《なだ》める。

「……でも」

両手で押さえたバスケットを、メイシェンは悔《く》やむように見つめる。中身は、この時のために早起きして作った弁当《べんとう》だった。

「……レイ、とん。一人暮《ぐ》らしだから朝ごはん食べてないかもだし」

「ああ、そうかもしれないけど。だからって呼《よ》び出しとかも無理だったんだし、諦《あきら》めるしかないって」

レイとんの「レイ」と「とん」の間に微妙《びみょう》な間があったことを、ミィフィはとりあえず聞き流して、宥めることに徹《てっ》する。

（レイフォンさん？　レイフォンくん？　どっちかなぁ？　まあ、メイっちの性格《せいかく》からしてレイフォンさんだね。……もしかしたらレイとかって呼び捨《す》てにするつもりだったのかなぁ）

なんてことを考える。

メイシェンがレイフォンを憎《にく》からず思っているのは知っていたが——だからこそ、レイフォンと仲良くなるようにしたのだが——手作り弁当を渡《わた》そうとするまで積極的になるとは思ってなかった。

(脈あるかなぁ。なーんか、レイとんって、こういうことに鈍感《どんかん》そうだよね)

メイシェンを見る。背はちっちゃい。ちっちゃさでいけば、レイフォンと同じ小隊のフェリと同じくらいだろう。背はちっちゃい。これはフェリの圧勝《あっしょう》だろう。タイプが違《ちが》うといえばそうなのだが、あちらは人形のようなどこまでも繊細《せんさい》な作りが、儚《はかな》さと危《あや》うさと妖《あや》しさをこぞとばかりに醸《かも》し出している。対してメイシェンは可愛《かわい》くないわけではないのだが、いつも困《こま》ったような泣き出しそうなそんな眉《まゆ》と目をしている。

体は？　これはメイシェンの圧勝だ。ミィフィたち三人の中では一番発育がいい。ちっちゃな体にはアンバランスなのだが、正直悔《くや》しいと思うぐらいに育っている。

今も、周りにいる男たちがちらちらと大胆《だいたん》に服を押し上げている胸《むね》に視線を延《の》ばしている。

ちなみに、胸の発育という点でいくと、三人の順はトップがメイシェン、次がミィフィで三番がナルキ。逆《ぎゃく》に身長でいくとメイシェンとナルキが入れ替《か》わる。

(なーんか、わたしって全部が中間で、損《そん》してる気がする)

メイシェンは人見知りが激《はげ》しくて、他人をあまり近寄《ちかよ》らせなかったから知らないだろうが、これで男どもには隠《かく》れた人気がある。ナルキも颯爽《さっそう》とした雰囲気《ふんいき》を近寄りがたいと感じられているにはいるが、美人だと認識《にんしき》されている。

（わたしが一番もててないよね。ラブレターとかもらったことないし）

「なんだ？　まだふて腐れているのか？」

と、ジュースを買いに行っていたナルキが戻《もど》ってきた。

見上げれば、吹《ふ》き抜けた風に髪《かみ》を舞《ま》い上がらせたナルキの姿《すがた》が目に映《うつ》る。両手に三つ、紙コップのジュースとスナックを抱《かか》えているので髪《かみ》を押さえられず、ナルキは鬱陶《うっとう》しそうに眉《まゆ》を寄せた。

その姿がまた、似合《にあ》っている。

「意外に人がいるな。並《なら》ばされたぞ……どうした？」

「……なんでもない」

ミィフィはひったくるように自分のジュースとスナックを受け取ると、憮然《ぶぜん》とグラウンドを眺《なが》めた。

そこかしこに樹木《じゅもく》が植えられたデコボコなグラウンドの両端《りょうはし》には、柵《さく》や塹壕《ざんごう》で囲われた陣《じん》と呼ばれる場所がある。その上を錬金《れんきん》科が製作《せいさく》した中継機《ちゅうけいき》が運営《うんえい》委員の念威《ねんい》繰者《そうしゃ》によって操作《そうさ》され、飛び回っている。撮影《さつえい》テスト中なのだろう。観客席のあちこちに設置《せっち》された巨大《きょだい》モニターに、野戦グラウンドのいろいろな場所が次から次に映《うつ》し出される。

「そろそろ始まるかな？　レイとんの試合はいつだ？」

メイシェンはわかるのだが、ミィフィまでどこか怒《おこ》っている様子にナルキは首を傾《かし》げる。

「今日は四試合。レイとんたちは三試合目。機動力を売りにしてる第十六小隊に、実力未知数の第十七小隊がどう対抗《たいこう》するか？　みんなの興味《きょうみ》はそこだけど、賭《か》けになるとみんな手堅《てがた》いよね。レイとんたちは大穴扱《おおあなあつか》い」

「賭けなんかやってるのか？」

ナルキの目がきらりと光った。対抗試合での賭博《とばく》は許可《きょか》されていない。ナルキの剣帯《けんたい》には都市警《としけい》のマークが入った錬金鋼《ダイト》が吊《つ》られていた。

「言っとくけど、あたしは賭けてないわよ」

「当たり前だ」

「あと、止めてもむだむだ。あくまで公認《こうにん》されてないだけで、実際《じっさい》は黙認状態《もくにんじょうたい》よ。ごたついたりとかでもしない限《かぎ》り、都市警も動く気ないでしょ」

ミィフィに言われて、ナルキはむうと唸《うな》った。

怒《いか》りに満ちた目で不埒者《ふらちもの》を探《さが》そうとするナルキを見て、ミィフィは呆《あき》れたため息を零《こぼ》す。

「まったく……どうしてこう、武芸《ぶげい》してる人って潔癖症《けっぺきしょう》が多いんだろうね。娯楽《ごらく》じゃん」

「馬鹿《ばか》を言うな！　武芸とはこの世界で生きるために人間に送られた大切な贈《おく》り物だ。それを私欲《しよく》で穢《けが》すなどと……」

「はいはい。で、実際どうなの？　ナッキの目から見てレイとんて？」

さっと話題を変える。ナルキはしばらく唸っていたが、やがて気分を変えたのか、「そうだな」と呟《つぶや》いて、顎《あご》を撫《な》でた。

「レイとんの仲間のことまでは知らないが、レイとん自身は強いとは思う。思うが……」

「なに？」

言い渋《しぶ》るナルキに、メイシェンも目を向けた。ナルキは難《むずか》しい顔のまま言いづらそうに口を開く。

「あたしは内力系《けい》しか修《おさ》めてないが、レイとんは外力系もいけると思う。そういう剄《けい》の動きをしているからな、見ていればわかる。だけど、どうも……本人にやる気が感じられないからなぁ」

「なぁる」

「……レイとん、怪我《けが》とかしないかな？」

不安そうに眉を寄せると、メイシェンはさらに泣きそうな顔に見える。ナルキは軽く笑って見せ、首を振《ふ》った。

「なに、刃引《はび》きしてある武器だからな。怪我の方は心配ないんじゃないのか？」

「ちなみに、毎年の武芸科の怪我人の数は平均《へいきん》三〇〇人。これは他の科の三倍ね。しかもその多くは訓練か試合」

ミィフィの言葉で、メイシェンが本当に泣きそうな顔になった。

ナルキは黙《だま》って、ミィフィの頭に拳《こぶし》を落とした。

†

胃《い》のキリキリは治《おさ》まったものの、今度は頭の奥《おく》が重く感じられた。まったく気が進まない。

呼《よ》び出され控《ひか》え室から出て、そのまま廊下《ろうか》を進む。人工の明かりから、天然の陽光の下《もと》に、ざわついた空気は倍加してレイフォンたちを押し包んだ。

「うわ」

レイフォンはいつもの訓練とは違《ちが》う野戦グラウンドの光景に、げんなりと声を漏《も》らした。

グラウンドを囲む観客席は生徒たちでひしめいていた。上空を飛び交《か》う撮影機《さつえいき》の姿《すがた》も目に映《うつ》る。観客席に設置されたモニターの一つには自分たちの姿が映っていた。それもまた気分を盛《も》り下げる。

「いいねぇ」

シャーニッドは上機嫌《じょうきげん》にすぐ側《そば》まで接近《せっきん》した撮影機に手を振った。観客席の一部で黄色い歓声《かんせい》が上がって、シャーニッドはさらに機嫌よく顔を緩《ゆる》める。

「うん、こういう雰囲気《ふんいき》こそが俺《おれ》にはあってる。普段《ふだん》の三倍は実力が出せそうだ」

「そう願いたいな」

軽薄《けいはく》なシャーニッドの態度《たいど》がお気に召《め》さないらしく、ニーナは冷たい視線《しせん》をシャーニッドに向け、そしてグラウンドを見回した。

「陣が作られている以外は、それほど普段と違いはなさそうだな」

ニーナの言う通り、レイフォンたちが今いる陣から外側は、それほど違いがあるようには見えない。

「だが、守り手側は罠《わな》の設置が許可されているからな。油断《ゆだん》はできない。フェリ、開始と同時に敵《てき》の位置の割《わ》り出しと罠の探知《たんち》だ。同時にできるな？」

「さあ？」

フェリが退屈《たいくつ》そうに復元《ふくげん》した杖《つえ》の先で地面を掻《か》きながら答える。そのやる気のなさにニーナの表情《ひょうじょう》はさらに険《けわ》しくなった。

レイフォンは空気の悪さに肩《かた》から力が抜《ぬ》けるような気がした。

司会役の運営《うんえい》委員のノリの良い声がスピーカーを通してグラウンド全体に響《ひび》き渡《わた》る。開始が近い。レイフォンは錬金鋼《ダイト》を復元した。

青い刀身の剣を握《にぎ》る。

昔は金のために握った。

なら今は？

青石錬金鋼《サファイアダイト》の輝《かがや》きは、まるで刃が通じているようには見えない。ただ、陽光を照り返しているだけだ。その、きれいだけれど虚《むな》しい輝きに、レイフォンはまた気が重くなる。

全《すべ》ての始まりは、入学式で体が勝手に動いたことだ。騒《さわ》がしさに苛立《いらだ》ち、気が付けば騒ぎの張本人《ちょうほんにん》をのしていた。

どうしてそんなことをした？　後悔《こうかい》だけが募《つの》ってしまう。

「ああもう」

「ん？　なんだ？」

小声で呟《つぶや》いたのに、ニーナは聞き逃《のが》さなかった。

「なんでもないです」

そう答えたが、その声は開始のサイレンの音にかき消される。

「行くぞ」

短く言って飛び出したニーナを、レイフォンは追いかけた。

生徒会長室で、カリアンはモニターを眺《なが》めていた。開始のサイレンが鳴り響き、野戦グラウンドの両陣《りょうじん》で動きが起こる。カリアンの視線は第十七小隊に、青い剣を引きずるようにして動き悪く司令官を追いかけるアタッカーに向けられていた。

「こいつが会長のお気に入りか？」

声に目を上げると、執務机《しつむづくえ》の前に武芸科《ぶげい》の生徒が立っていた。威勢《いせい》の良さそうな大男は、顎先《あごさき》の無精髭《ぶしょうひげ》を撫《な》でながら、モニターを見る。

「動きが悪いな。剄《けい》の通りも悪そうだ。こいつ本当に、入学式で派手《はで》なのをしたのと同じ奴《やつ》か？」

「同一人物だよ、ヴァンゼ武芸長」

「ほう」

ヴァンゼ・ハルデイ武芸長。武芸科の委員会代表は納得《なっとく》できないという顔で執務机に上半身を預《あず》けて、モニターを見つめた。

「だとしたら、やる気がないんだな。けしからん奴だ。こんな奴を武芸科に転科させる奴も含《ふく》めてな」

ヴァンゼの非難《ひなん》の視線を、カリアンは肩《かた》をそびやかしてかわした。

「彼の実力は保証《ほしょう》つきだよ。本気を出せば、ツェルニで敵《かな》う者は誰《だれ》もいないだろうね。どれだけ自律《じりつ》した存在《そんざい》だとしても、ここはしょせん卵《たまご》ばかりが集まる場所。アマチュアの集団《しゅう》《だん》だ。プロの世界に身を浸《ひた》した彼から見れば、幼稚《ようち》な遊びに見えるのかもしれない」

「言ってくれるな。俺たちはその幼稚な遊びに必死こいてんだぜ」

「そう。たとえお遊びのようなものでも、一つの都市を生かさねばならない必死さは同じだよ。それが、彼にはなかなか伝わってくれない」

「おまえの妹にもな」

「異論《いろん》があるようだね、武芸長？」

「当たり前だ。やる気のない二人に、実力はあっても協調性《きょうちょうせい》のないシャーニッド。問題だらけの小隊を、わざわざ目を付けていた生徒に押《お》し付けられては、武芸長として、都市防《ぼう》衛《えい》を担《にな》う者としては言ってやりたいことがたくさんある。ニーナ・アントークには、あんな問題だらけの小隊を預けるよりも、他《ほか》の隊に付けてきちんと育ててやるべきだ」

「それを拒否《きょひ》したのは、彼女自身だろう？」

むっと、ヴァンゼが口を閉《と》ざした。

「二年前の武芸大会で、彼女は一年生にして小隊員という、期待の新人だった。だが、あの大会での敗北が、彼女になにかを考えさせたのだろう？　だからこそ、自らの小隊を立ち上げた。シャーニッドを拾ってきたのも彼女だ。他の二人は私が押し付けたのだけれどね。彼女ならば使いこなせると、私が判断《はんだん》したからだ」

「小隊立ち上げに、おれは反対したぞ」

「最終決定権《けん》が私にあるのが不幸だったね」

「……おまえは、一人の有能《ゆうのう》な生徒の将来《しょうらい》を潰《つぶ》す気か？」

ヴァンゼの拳《こぶし》が執務机を叩《たた》いた。獰猛《どうもう》な唸《うな》り声とともに、辺りの空気が震《ふる》える。二倍は体格差《たいかくさ》がありそうな男の視線《しせん》を、しかしカリアンは平然と受け流した。

「それもまた、この都市が生き残ることができたらの話だよ」

ヴァンゼが全身から放射《ほうしゃ》する剄が、空気を震わせる。カリアンはそれを片手《かたて》で払《はら》った。

「次の大会で、君は確実《かくじつ》に勝てると保証できるかね？」

カリアンから柔和《にゅうわ》な笑《え》みが消えた。冷たい刃《やいば》のような視線がヴァンゼに挑《いど》みかかる。武芸長は眉《まゆ》をはねさせて、それを受け止めた。

「戦いに絶対《ぜったい》という言葉はない」

「確《たし》かに。だがそれでも私は、絶対という言葉を求める。この都市が生き残るためには勝利以外に道はない。都市を失えば、人は生きていけないのだ。この冷たい世界は人を拒否している。都市を失うということがどういうことか、君がわかっていないとは思えないが？」

都市の外側。汚染《おせん》された大地に実るほんのわずかな種類の植物は毒を含《ふく》み、生き残ることができるのはその毒に打ち勝った汚染獣《じゅう》のみだ。

人が生きるには厳《きび》しすぎる世界で、唯一《ゆいいつ》生きていけるのは、人工の世界……自律型移動《レギオ》都市《ス》の上でだけだ。

「そんなことはわかっている。だが、ここは学園だ。教育機関だ。育てることを放棄《ほうき》することが許《ゆる》されるわけがない」

「育つさ」

「何を根拠《こんきょ》にそう言い切る？」

「失敗がなにも生み出さないわけではない。失敗こそが人を成長させるんだ。だが、それ以上に、苦しんで得たものこそが最大の成長の証《あかし》となる。妹も、そしてレイフォン・アルセイフも、それを理解《りかい》していない。だから私は、二人をあそこに放《ほう》り込《こ》んだ」

「つまりは、あの小隊そのものが捨《す》て石ということではないのか？」

「捨て石になるかどうかは、結果次第《しだい》だ」

「結局は、おまえも絶対という言葉が遣《つか》えないんじゃないか」

どこか呆《あき》れたように言うヴァンゼに、カリアンは当たり前だと頷《うなず》いた。

「人の為《な》すことに絶対などあるものか、そんなものがあるのならば、私はそれを狂信《きょうしん》するだろう」

それだけを言うと、カリアンはモニターに視線を戻《もど》した。

念威《ねんい》によって遠隔操作《えんかくそうさ》された撮影機《さつえいき》が、野戦グラウンドの一点をクローズアップしている。

汗《あせ》で溶《と》けた土砂《どしゃ》を顔に張《は》り付かせ、必死な様子のレイフォンの顔がそこにはあった。

「さて、一つめの瀬戸際《せとぎわ》だよ。ここでまず、君の心の真価《しんか》の一端《いったん》が問われる。本当に捨てたのか？　そうでないのか？」

カリアンの呟《つぶや》きに、ヴァンゼもまたモニターに映《うつ》る対抗《たいこう》試合の様子を確かめた。

第十七小隊の劣勢だった。

†

小隊の編制《へんせい》は戦闘《せんとう》要員四人をもって最低人数とする。

そう、武芸《ぶげい》科の生徒手帳には書かれている。第十七小隊は四人、最低人数だ。ハーレイは戦闘要員ではないのでこの中には加わらない。

ならば上限《じょうげん》は？

これは七人と定められている。

対戦相手である第十六小隊は五人いた。これは小隊の中では少ない方だ。多くの小隊は七人という上限数を揃《そろ》えている。

戦力を整えるということは、勝つ上でも、生き残る上でも当たり前にしなければならない努力であり、第十七小隊はその努力を欠いたということになる。

時間がなかったという言い訳《わけ》など、戦場では通用しない。敗者の言い訳は負け犬の遠吠《とおぼ》えでしかなく、そんなものに耳を貸《か》す必要などはない。ニーナもそんなことを口にするつもりはないだろう。

しかし、五人。たった一人の戦力差。

覆《くつがえ》せないでもない数の差だと、考えてしまう。

実際《じっさい》、レイフォンはそう考えていた。勝つつもりもないのに、そんなことを考えていた。

甘《あま》かったのだ。

スタートの合図とともに、レイフォンとニーナは敵陣《てきじん》に向かって駆《か》け出していた。攻《せ》め手が勝つためには、敵小隊を全滅《ぜんめつ》……行動不能《ふのう》にするか、敵陣に置かれているフラッグを壊《こわ》すしかない。対して、守り手側の勝利条件《じょうけん》は敵司令官の撃破《げきは》か、制限《せいげん》時間までフラッグを守り抜《ぬ》くかだ。守り手側は試合に先んじてグラウンド内に罠《わな》を仕掛《しか》けることもでき、守りに徹《てつ》するのならば守り手側に有利とも取れる。

これは本番である武芸大会での勝利条件が敵側司令部の占拠《せんきょ》、あるいは都市機関部の破《は》壊《かい》にあるからだ。フラッグはその代わりだ。

「相手は守備《しゅび》に徹するはずだ。制限時間の間、フラッグを守っていればいいんだからな」

控《ひか》え室でニーナはそう言った。

「こちらは、わたしとレイフォンが囮《おとり》となって敵のアタッカーを引きずり出す。その間に、シャーニッドがフラッグを狙撃《そげき》。典型的で堅実《けんじつ》的な作戦だ」

こうも言った。

「レイフォン、わたしたちの最初の課題は、罠をかいくぐって最速で敵陣前に出ることだ。シャーニッドの殺到《さっけい》ならば、第十六小隊の念威探査《たんさ》にも簡単《かんたん》には引っかかるまいが、それでもこちらの速度で念威繰者《そうしゃ》の気を引かねばならない。ずるずると乱戦《らんせん》に持ち込むのがわたしたちの仕事だ」

だから、レイフォンたちは走りにくい野戦グラウンドを全速力で、ほぼまっすぐに突《つ》っ切って行った。罠を警戒《けいかい》しながらも樹木《じゅもく》の間を抜け、藪《やぶ》を飛び抜けて、最速を目指して移《い》動《どう》していた。

おかしいと、すぐに感じた。

「レイフォン、気を付けろ」

背後《はいご》からニーナが声をかけてくる。彼女も気付いたらしい。

罠がないのだ。

落とし穴《あな》という簡単なトラップから、落とし網《あみ》、電気を流した導線《どうせん》……はては草を結《ゆ》えただけのもの……さらには念威繰者の移動地雷《じらい》まで、何一つとして罠がない。多少、地形がいじられていることをのぞけば、いつも訓練で使っている野戦グラウンドそのままだった。

ニーナの手振《てぶ》りでレイフォンは足を止め、木の陰《かげ》に体を滑《すべ》り込ませる。

「フェリ、敵の位置は摑《つか》めたか？」

「陣内に反応《はんのう》二つ。陣前に反応三つ。動きはありません」

ニーナの質問《しつもん》に、通信機越《ご》しのフェリの淡々《たんたん》とした声が返ってくる。手の抜きようもないほどに、隠密《おんみつ》行動を取っていないということなのだろう。

「罠もなく、消耗《しょうもう》していない敵を陣前で迎《むか》え撃《う》つ気か？　舐《な》められている？」

ぶつぶつとニーナが呟《つぶや》いていると、通信機にあらたな声が届《とど》く。

「こちらシャーニッド。位置に着いた。フラッグをやるには、ちょっと障害物《しょうがいぶつ》があるな。

適当《てきとう》な位置はもうない。二射《しや》する隙《すき》があるなら確実《かくじつ》にしとめられるが？」

障害物を破壊したその後でフラッグを撃つのだろう。だが、それだけの時間があれば念威繰者でなくとも、内力系活剄を使える者ならばシャーニッドの位置を特定するだろうし、敵の狙撃手に狙《ねら》われることになる。

「待て、待機だ」

「了解《りょうかい》。チャンスがあれば撃つぜ」

「頼《たの》む」

シャーニッドへの対応《たいおう》が終わり、ニーナの瞳《ひとみ》がレイフォンに問いかけてきた。

（どうするか？）

動くしかないというのはわかっている。ひたすらにまっすぐ進んできたレイフォンたちの存在《そんざい》を、第十六小隊が感知していないわけがないのだ。それでも陣前にいる三つの反応は動く気配を見せていない。迎え撃つ気でいるのは明白だ。

そして、こちらが動かなければ、向こうはそこに立っているだけで時間終了。勝利となる。

やれることは一つしかない。

陣前での総力戦《そうりよくせん》。そうなれば五対二でレイフォンたち第十七小隊が圧倒的《あつとうてき》に不利になる。

「まいった」

レイフォンは口の中だけで小さく呟いた。こちらはある意味作戦通り、あちらも作戦通りだろう。だが、ほんの少しの思惑《おもわく》の違《ちが》いが、こちら側を不利にしてしまっている。

（どうします？）

レイフォンも目で訊《たず》ね返す。ニーナは無言で頷《うなず》いた。作戦通りに前に出るというのだ。どういう自信かと疑《うたが》っていると、通信機越しにニーナの声が届いた。

「作戦通りにする。衝剄《しょうけい》で威嚇《いかく》しながらアタッカーを陣前から移動させる。衝剄はなるべく地面を狙え、煙幕《えんまく》の効果《こうか》を狙う」

「射線だけは汚さないでくれよ」

割《わ》り込んだシャーニッドの声に、ニーナは短く返答した。次いで、フェリにシャーニッドの位置を聞き、レイフォンに指示《しじ》する。

「西側に引っ張《ぱ》る」

目線だけでの合図。レイフォンが飛び出し、ニーナがその後を追った。走りながら、青石錬金鋼《サファイアダイト》の剣身《けんしん》に剄を走らせる。血流のように脈打つ剄の感覚が剣にまで伝播《でんぱ》する。剄の流れがそのまま神経《しんけい》をも作り上げ掌《てのひら》を通してレイフォンと繋《つな》がったかのように、体の一部になるような感覚だ。剣身が陽光の反射ではない光を生む。青の濃《こ》い水面のような輝《かがや》き。

だが、レイフォンはそこに濁《にご》りがあるのを見過《みす》ごせなかった。

血が通い、神経があるかのようだからこそわかる違和《いわ》感、痺《しび》れ、もどかしさ……剄を覚え始めた程度《ていど》ならば、これで満足するだろうという程度のものだ。だが、レイフォンはそれでは満足できない。もっともっともっと、視覚《しかく》よりも鮮烈《せんれつ》に色を、触覚《しょっかく》よりも激《はげ》しく形を、嗅覚《きゅうかく》よりも痛烈《つうれつ》に臭《にお》いを感じることができるのを、レイフォンは知っている。

なんて無様な剄の色だ！

叫《さけ》びたくなるのをぐっと堪《こら》える。これが今の自分にできる最上の剄ではない。それはわかっている。だが、それをしてどうしようというのか？　それでなにがしたいのか？　なにもない。なにもないからこそ本気は出さない。

求めるのは宝石《ほうせき》のような剄の輝きではない。

「レイフォン！」

通信機越《ご》しではない鋭《するど》い声に、レイフォンは自分の意識《いしき》がどこかに飛んでいたのを自覚した。見ていたけれど、見えていない。

はっきりと自覚した時には、目の前にできあがった巨大《きょだい》な、のしかかるような土煙《つちけむり》の津《つ》波《なみ》が迫《せま》っていた。

樹木《じゅもく》の隙間から飛び出し、開けた陣前《じんぜん》に辿《たど》り着いたと同時に、向こうのアタッカーが衝剄を飛ばしたのだ。完全な目潰《めつぶ》し狙いの一撃《いちげき》は効果《こうか》を発揮《はっき》して、空気に混《ま》じった土の粒《つぶ》が陽光を遮《さえぎ》って辺りを薄暗《うすぐら》くする。

レイフォンが足を止める。ニーナの気配を後ろに感じながら、レイフォンは視線をあちこちに飛ばした。

「空気の流れを見ろ！」

ニーナが指示を飛ばす。それに、レイフォンは苛立《いらだ》った。

そんな、低レベルの察知方法なんて！

怒鳴《どな》るのをぐっと堪えたレイフォンは、少し先で漂《ただよ》っている土煙が渦《うず》を巻《ま》いたのを見た。

それが、三つ。

とっさに、レイフォンは剣を前に出した。衝撃が剣を支《ささ》える二本の腕に響《ひび》く。衝撃は二種類。二つの衝撃は相殺《そうさい》しながらレイフォンの全身に伝播し、レイフォンはその場に膝《ひざ》を突いた。

ニーナからの声はかからない。

残ったもう一つの渦から、ニーナへ攻撃《こうげき》が向かったはずだからだ。

「旋剄《せんけい》か……」

呟《つぶや》き、レイフォンは転がるようにしてその場から逃《のが》れ、背後《はいご》を確《たし》かめた。

今までそこにいなかったはずの、三つの人影《ひとかげ》がレイフォンとニーナの間に立ちはだかっている。

内力系活剄の一つだ。脚力《きゃくりょく》を大幅《おおはば》に強化し、高速移動を可能《かのう》にする。この三人は旋剄を集中的に訓練しているのだろう。だからこそのあの速度だ。

こちらの姿《すがた》を視認《しにん》してから衝剄で目くらまし、その次に旋剄による高速攻撃《こうげき》。そのコンビネーションは、訓練されていなければできないことだろう。

ちゃちな罠《わな》など必要ない。旋剄による同時攻撃。これこそが罠なのだ。

(だけど……)

同時にチャンスでもある。アタッカーをこちらに引き寄《よ》せるという役割《やくわり》を果たしたことになるからだ。後は、シャーニッドが二射するだけの時間を稼《かせ》げれば……

そこまで考えて、レイフォンは自分の愚《おろ》かさに気付いた。

レイフォンとニーナの間に三人がいる。そして、こちらは司令官であるニーナが倒《たお》れれば負けになるのだ。

「先輩《せんぱい》!」

立ち上がろうとして、レイフォンは両膝に痺れを感じてうまく立ち上がれなかった。高速攻撃による衝撃が、まだ全身を苛《さいな》んでいた。力が入らない。

立ち上がろうとしたところで、一人が再《ふたた》びこちらに向かって旋剄による攻撃を仕掛《しか》けてきた。再び巻き上がった土煙を背景に、視覚で追いきれない存在《そんざい》感がレイフォンに迫《せま》ってくる。レイフォンは再び剣を前にして攻撃を受け止め、そして踏《ふ》ん張《ば》りきれない体は宙《ちゅう》に浮《う》き、地面をごろごろと転がった。

衝撃が全身を抜《ぬ》けて、視界に火花が散っていた。転がっている間に頭を打ったらしい。それでも立ち上がれる。立ち上がって見たのは、二本の鉄鞭《てつべん》を構《かま》えて旋剄の高速攻撃を受け止めるニーナの姿だった。

ニーナはその場にしっかりと足を食い込ませ、二本の鉄鞭を振《ふ》るって繰《く》り返される高速攻撃をしのぎ続けていた。

ニーナは本来、攻《せ》めるよりも守る方が得意なのだろう。彼女の瞳《ひとみ》は冷静に二人の高速攻撃を見極《みきわ》め、衝剄を利用して相手の威力《いりょく》を最小限に落としてしのぎ続けている。

無様に地面を転がっているレイフォンとは違《ちが》う。ニーナの瞳は決して倒れはしないという決意の光に満ち溢《あふ》れ、二本の鉄鞭は彼女の意思の代行者のようだった。

まるで、そこに頑丈《がんじょう》な鋼《はがね》の砦《とりで》でもできているかのようだ。

見惚《みと》れている暇《ひま》はない。

レイフォンは再び高速攻撃を剣《けん》でまともに受け止めて、地面を転がった。

「ちっ、しつこいな」

レイフォンの相手をしている男が言う。土煙のせいで顔がはっきりとは見えないが、自分の高速攻撃を無様ながらも受け続けているレイフォンに腹《はら》を立てているのがわかる。

またも食《く》らって、レイフォンは石ころにでもなったかのように転がった。耳の奥《おく》がワンワンと鳴っていて、音が聞きづらい。何度も頭をぶつけたせいで、意識《いしき》に少し膜《まく》がかかったような感じになった。

(なんで僕《ぼく》、こんなことしてるんだっけ？)

ふらふらになって起き上がり、そしてまた攻撃を受けて転がりながら、レイフォンはそんなことを考えた。

(負けても、問題ないよな？)

これは、生徒会長が言っていた学校の命運に関《かか》わることではない。ただの学内のイベントだ。負けたところでなんの問題もない。学園が、あの電子精霊《せいれい》が失われてしまうわけではない。

それなのに、なんでこんなに必死になって受け止めて、ぼろぼろになってる？　自分のやっていることがうまく理解《りかい》できない。

(負けて、いいんだよな？)

もう一度確認《かくにん》する。

（うん、ない）

剣を放してもいいんだ。起き上がらなくてもいい。土《ど》砂《しゃ》まみれになって、これ以上疲《つか》れる必要もない。今日は休みだけれど、明日は機関掃除《そうじ》の仕事がある。ここで無駄《むだ》に体力を浪費《ろうひ》するのはよくない。体を壊すかもしれないし。

体を壊すのはよくない。そうしたら、金を稼《かせ》げなくなる。レイフォンは金がいるのだ。孤児《こじ》で、身寄《みよ》りがない。仕送りをしてくれる人は誰《だれ》もいなくて、奨学金《しょうがくきん》に頼《たよ》っている身なのだ。今は学費が全額免除《めんじょ》になっているが、あの生徒会長が少し気分を変えるだけで、それは全《すべ》てなくなるのだ。その日のために金を稼いでおかないといけない。

お金、お金、お金……

不意に、レイフォンは自分の握《にぎ》る剣に目がいった。いまだに剄を通して青く輝《かがや》く青石錬《サファイアダ》金鋼《イト》。

（僕って、昔からお金ばっかりだなぁ）

そんな自分が嫌《いや》になったわけではない。実際《じっさい》、金は必要だった。

（他《ほか》になにか、ないのかな？）

ただ、昔はもっと必死だった。自分のためだけではない。自分を育ててくれた孤児院に金がなかったのだ。園長であり、養父であり、最初にレイフォンに剣の才能《さいのう》を見出《みいだ》してくれた師匠《ししょう》でもある人は、金に関してはよく言えば潔癖《けっぺき》、悪く言えば無頓着《むとんちゃく》な人物だった。だから、いつも金には困《こま》っていた。レイフォンは自分に剣の才能があると教えられた時、これで金を稼ごうと決めた。そのためにはグレンダンで武芸《ぶげい》の最高峰《さいこうほう》にある天剣になろうと決めた。強さに憧《あこが》れる純粋《じゅんすい》な少年の気持ちはどこにもなかった。ただ、世界のシステムに沿《そ》った現実《げんじつ》的な思考で、自分の道を選んだ。

今は、自分のためだけに金を稼げばいい。自分が生きるための最小限の金を稼ぐだけでいい。それだって大変なことなのだけれど、昔ほど必死になる必要もない。

（もっとさ、なにかないのかな？）

地面を転がりながら、頭を打ちすぎて真っ白に近い意識の中でレイフォンはそんなことを考える。

例えば、異性《いせい》とか。

（単純だ）

すぐに思い浮《う》かぶのはそれだけだという自分に、ちょっとがっくりときた。しかし、それでも異性で連想してしまうのはグレンダンのバス停で別れた幼馴染《おさななじみ》のリーリンの顔で、最後に重ねた唇《くちびる》の感触《かんしょく》だった。

（でも、リーリンのためになにかって……）

思い浮かばない。この学園でなにか――剣以外で――なにかを見つけて、成し遂《と》げた自分を見てもらいたいとは思う。だけれど、彼女のためになにかを成し遂げたいというのとは少し違《ちが》う。それは自律型移動都市《レギオス》で生きるしかない自分たちの、埋《う》めることのできない溝《みぞ》のような感覚だったりするし、リーリンの存在《そんざい》が、自分の中で幼馴染という枠《わく》から抜《ぬ》けきっていないためかもしれない。

ほんの一瞬《いっしゅん》の唇の柔《やわ》らかさはリーリンに異性を意識させたけれど、しかしそれでも彼女を完全に異性として見ることができない。

（兄弟みたいなものだし、血は繋《つな》がってないけど）

同じ孤児院で育った仲なのだ。それも仕方ないと思う。

（じゃあ……）

誰？　そう思った時、目に入るのはすぐ側《そば》にいるニーナしかいない。彼女はレイフォンの捨《す》てた剣の世界、武芸の世界に身を置いてなにかをしようとしている。それは眩《まぶ》しく、羨《うらや》ましい。

そして、クラスメートの三人を思い浮かべてしまう。一人は武芸科だけれど、彼女たちは自分がやりたいと思っていることにまっすぐに進んでいる。その姿は眩しくて、そして嫉妬《しっと》してしまう。

フェリ。レイフォンと似《に》たような境遇《きょうぐう》だ。生まれついての才能以外に自分に道はないのかと思ってしまった少女。そう思った経緯《けいい》はレイフォンとは違うけれど、ナルキたちを見て眩しいと言った彼女の気持ちは、共感できる。

（ああ、ぐちゃぐちゃする）

そんな彼女たちのために、自分はなにができるのだろう？　なにかできることはないのか？

ごろごろと転がりながら、そんなことを考えている。攻撃《こうげき》している男がなにか罵《ののし》っている。さっさと倒《たお》れろとかなんとか、うるさいなと思う。こっちはそれどころじゃない。

自分になにができるのか？　なにがしたいのか？

まるでまるで、なにも思いつかない。

本当に、これっぽっちも、小指の先ほども思いつかない。

困《こま》った。

そして、レイフォンの視界は現実に目を向けた。数えてないので何度めかわからないままに立ち上がり、辺りを見るともなく見る。思考の行き詰《づ》まりが、レイフォンに再《ふたた》び現実を見させた。

「……先輩《せんぱい》？」

呟《つぶや》きながら、レイフォンは再びの衝撃《しょうげき》で地面を転がっていた。だが、その一瞬で見た光景が、鮮烈《せんれつ》に脳裏《のうり》に残っている。

ニーナが片膝《かたひざ》を突いていた。

いくら防御《ぼうぎょ》に長《た》けているといっても、限界《げんかい》はある。徐々《じょじょ》に蓄積《ちくせき》されたダメージが彼女の足から力を奪《うば》ってしまったのだ。

そうなれば剄《けい》も緩《ゆる》む。高速攻撃を弾《はじ》き飛ばす衝剄の威力《いりょく》が落ち込《こ》んできている。鉄鞭《てっべん》を走る剄の輝《かがや》きも精彩《せいさい》を欠いていた。

（やばい）

そう思った。先輩が倒れる。ぼんやりとした思考でそう考えた。

先輩が倒れる。

小隊が負ける。

負けがこむ。

小隊は解散《かいさん》。

先輩が落ち込む。

単純《たんじゅん》な思考の連鎖《れんさ》がレイフォンの中で生まれる。

（それは、ちょっとだめだろう）

さっきまで負けてもいいやと思っていたのはどこかにいって、レイフォンは立ち上がった。

「しつこいんだよ！」

男が叫《さけ》び高速攻撃が襲《おそ》ってくる。

レイフォンはそれを、ひょいっとかわした。男がいた場所はわかっている。旋剄《せんけい》による高速攻撃ならば、後はそこから真《ま》っ直《す》ぐだ。発動したタイミングに従《したが》って横に動けば、なんの問題もない。

問題は、タイミングを読むことだけだ。

土煙《つちけむり》をかき分けて高速でレイフォンの横を突《つ》き進んでいった男のことは忘《わす》れることにして、レイフォンは剣《けん》を持ち上げた。

「ちょっと、遠いな」

ずいぶんと転がされたらしく、ニーナとの距離《きょり》はけっこう離《はな》れている。今から走っていたのでは間に合わないかもしれない。

「なら」

持ち上げた剣をそのまま振《ふ》り抜く。剣身に剄を込めることを忘れず、むしろごく当たり前の動作の一部として、ただ錬金鋼《ダイト》に通していた剄の質《しつ》を変換《へんかん》させ、振り抜いた勢《いきお》いにそって放つ。

衝剄としてただ放射《ほうしゃ》されるのではなく一塊《いっかい》に。

外力系《けい》衝剄の変化、針剄《しんけい》。

まさしく針《はり》のように鋭《するど》くなった剄は、今まさに旋剄を放とうとした第十六小隊のアタッカーの一人に命中し、吹《ふ》き飛んだ。

もう一人が突然《とつぜん》吹き飛んでいった仲間に呆然《ぼうぜん》と立ち尽《つ》くす。その隙《すき》を突いて、レイフォンは足に剄を走らせる。

内力系活剄の変化、旋剄。

レイフォンは空気を軋《きし》ませてニーナに向かいつつ、その過程《かてい》で立ち尽くしていた一人を剣で弾《はじ》き飛ばした。

ニーナの前に立ち、レイフォンは辺りの気配を探《さぐ》った。針剄と旋剄で突き飛ばした二人の敵《てき》小隊員が戻《もど》ってくる様子はない。攻撃的な剄の発生が感じられない。どうやら気絶《きぜつ》したようだ。

「おまえ……」

ニーナが驚《おどろ》いた顔をしている。レイフォンは首を傾《かし》げた。なにを驚いているのだろうと

思う。

首を傾げていると、激《はげ》しいサイレンの音がぼんやりとしていた意識《いしき》を刺激《しげき》した。

「フラッグ破壊《はかい》！　勝者、第十七小隊！」

司会のアナウンスが興奮《こうふん》気味に叫び、観客席がどっとわきあがった。

「はっはぁ！　見たか、約束通りに二射だ！」

興奮したシャーニッドの声が、通信機から聞こえてきた。

しかし、そんな声もレイフォンには遠く。

首を傾げた姿勢《しせい》で、そのまま地面に倒《たお》れた。

05 分岐点《ぶんきてん》

四度目の手紙だね。返事はまだ来ていない。届《とど》いているのかどうか、不安になってきたよ。できるならば、この手紙は君以外の誰の目にも触《ふ》れていないことを祈《いの》るのみだ。


正直に言うと、少しへこたれています。

夢《ゆめ》を持つということがどういうことなのか？

将来《しょうらい》を見つめるということがどういうことなのか？

少しずつわかってきたような気がします。

それは、まっすぐで輝《かがや》いていて、自分でもどうしようもなくて、自分でも見ることのできない穴《あな》の奥《おく》の奥の目の届かない底のような、どうしようもなく絶望《ぜつぼう》してしまいそうなほどに手の届かない、そんなところからやってくるのではないか……そんなふうに考えてしまいます。

仲良くなったクラスメートたちは、そんなどうしようもない場所から飛び出してきたものを、輝けるものとしているのではないだろうか。

君も、そんな風に輝いていたんだね。

あの頃《ころ》の僕《ぼく》は、君がどうしてあんなつまらないことでがんばれるのか、ぜんぜんわからなかった。生きるということに必死だったから、必死すぎたから、気付くことができなかったんだと思う。

なにが僕をそこまで駆《か》り立てたのか、それを言ってしまうのは逃《に》げだと思う。責任転嫁《せきにんてんか》だ。みっともない。

今の僕は、君が目指しているものをつまらないことだなんてぜんぜん思わない。むしろ羨《うらや》ましい。

僕にもそれは摑《つか》めるのだろうか？　手の伸《の》ばしようもないどん底にあるものを……あるかどうかもわからないものを。

一晩《ひとばん》、この手紙を出すべきかどうか悩《なや》みました。とてもみっともない内容《ないよう》だからね。でも、出そうと思います。君の言葉が聞きたい。難《むずか》しくなんて考えなくていいです。君が今どうしているのか、ただそれだけの言葉が僕は聞きたい。

手紙だから、読みたい、だね。

君の夢はいつだって眩《まぶ》しい。その夢を失わないでください。

親愛なるリーリン・マーフェスへ

レイフォン・アルセイフ

†

荒々《あらあら》しく廊下《ろうか》を踏《ふ》みつけていく。通りかかった生徒会の役員らしき、書類を抱《かか》えた女生徒がその姿《すがた》に驚き、慌《あわ》てて道を譲《ゆず》った。

驚くのも無理はない。整った額《ひたい》や頬《ほお》に汗《あせ》と土砂《どしゃ》を混《ま》じらせ、短いながらも風によくなびく繊細《せんさい》な金髪《きんぱつ》も汚《よご》れきっている。武芸《ぶげい》科に支給《しきゅう》される戦闘衣《せんとうい》もドロドロだ。そんな状態《じょうたい》で、憤然《ふんぜん》とした表情《ひょうじょう》で都庁《とちょう》生徒会の校舎《こうしゃ》を歩く生徒などそうそういるものではない。

ニーナは怒《おこ》っていた。どうして自分が怒っているのかよくわからないが、とにかく怒っていた。

その怒《いか》りに疑問《ぎもん》を持つ気はまったくなく。その気分を原動力に、試合が終わると同時にこちらに向かった。終了《しゅうりょう》のサイレンと同時に倒《たお》れたレイフォンは医療《いりょう》科の生徒たちが担架《たんか》で運んでいった。勁《けい》の流れに異常《いじょう》はなかったから、ただ気を失っただけだろうと思う。

「なんなのだ？」

吐《は》き捨《す》てるように呟《つぶや》いて、ニーナは殴《なぐ》りつけるように生徒会長執務《しつむ》室《しつ》のドアをノックした。

「入りたまえ」

返事よりも早くニーナはドアを開ける。

目の前の執務机には苦笑《くしょう》を浮《う》かべたカリアンの他に、武芸長のヴァンゼまでいた。ヴァンゼの姿を認《みと》めて、ニーナはほんの少しだけ我《われ》に返り、その場で足を止める。

「武芸科三年。ニーナ・アントーク。入ります」

「どうぞ」

苦笑を止《や》めないままにカリアンは言い、そのまま賛辞《さんじ》を述《の》べる。

「初戦の勝利、おめでとう」

白々しい台詞《せりふ》にニーナは柳眉《りゅうび》を逆立《さかだ》てた。

「……どういうことですか、あれは？」

「ん？　なにがだね？」

「レイフォン・アルセイフです。彼がただ者ではないということを、会長はご存《ぞん》じでしたね？」

「どうしてそう思う？」

「よく考えれば、おかしな話だからです。入学式での一件《いっけん》は、確かに見事なものでした。しかし、それから一度として彼の実力を確《たし》かめないままに、あなたはレイフォンを武芸科に転科させ、わたしに小隊員として推薦《すいせん》した。あの時の段階《だんかい》では、あれが偶然《ぐうぜん》うまくいっただけだと考える者も少なくないでしょう。しかし、それからなにもしないままに……というのは、会長の性格《せいかく》からして、考えられないからです」

「しかし、君はレイフォン君を受け入れた。君もあの一件に感服したのではないのかね？」

「わたしは試《ため》しました」

はっきりと言った。

フェリにレイフォンを訓練場まで呼《よ》び出させ、その上で実力を試した。あの時のレイフォンがまったく本気ではないと感じることはできなかったが、訓練すれば小隊員としてやっていけるだけの実力はあると判断《はんだん》した。

その判断は、まったくの見誤《みあやま》りだったのだが。

訓練すればどころではない。訓練などまるで必要ない。

さきほどの試合で見せた。針勁《しんけい》に旋勁《せんけい》……その威力《いりょく》、一朝一夕《いっちょういっせき》の訓練でできるものではない。

「そうだな」

カリアンの隣《となり》でヴァンゼが頷《うなず》いた。彼の視線《しせん》がチラリと、第四試合が始まろうとしているモニターに移《うつ》り、それからカリアンに戻《もど》る。

「さっきのおまえの言い草は、レイフォン・アルセイフが何者か知っている様子だった。事前に知っていたのではないのか？」

やれやれと、カリアンは首を振《ふ》った。

「他所《よそ》の都市の情報《じょうほう》など、そうそう手に入るものではないよ」

そうは言っても、二人のカリアンに向ける視線は疑《うたが》いの色のまま、微塵《みじん》も揺《ゆ》れることはなかった。

「彼を知ったのは、偶然《ぐうぜん》だ」

降参《こうさん》を示《しめ》してカリアンは両手を挙げた。

そして、語り出す。

「君たちは、この学校にどうやってきた？」

「放浪《ほうろう》バスに決まっている」

鼻を鳴らすヴァンゼに、カリアンは首を振る。

「放浪バスなのは当たり前だよ。我々一般人《われわれいっぱんじん》が都市間を移動《いどう》するためには放浪バスしかない。私が言いたいのは、経路《けいろ》だ」

「経路？」

「そうだ。放浪バスの全《すべ》ては交通都市ヨルテムへと帰り、ヨルテムから出発する。移動する全ての都市の場所を把握《はあく》しているのはヨルテムの意識《いしき》だけだからだ。しかし、ヨルテムからすぐにここに来られるとは限《かぎ》らない。いくつかの都市を経由しなければいけない場合もある」

ニーナは頷いた。ニーナもツェルニに辿《たど》り着くまでに三つの都市を経由したのだから。

「では、会長はグレンダンに？」

ニーナの問いに、カリアンは頷いた。

「私はツェルニに来るのに三ヶ月かかった。その途中《とちゅう》だ。グレンダンにはバスを待つために二週間ほど逗留《とうりゅう》した。グレンダンでは武芸《ぶげい》の試合が頻繁《ひんぱん》に行われる。退屈《たいくつ》という言葉とは無縁《むえん》でいられたな。そして私は運良く、天剣授受者《てんけんじゅじゅしゃ》を決定する大きな試合を見ることができた」

「天剣……とは？」

ニーナが訊《たず》ね、視線をヴァンゼにも向けた。ヴァンゼも知らないようでカリアンが口を開くのを待っている。

「槍殻《そうかく》都市グレンダンで最も武芸に優《すぐ》れた十二人に授《さず》けられる称号《しょうごう》……だけではなく、なにか特別なものもあるようだが、それは余所者《よそもの》の私にはわからないことだったな」

わずかに言葉を止めるカリアンを見ながら、ニーナはその続きを想像《そうぞう》した。

そこにレイフォンがいたのだ。間違《まちが》いなく。カリアンが入学するために放浪バスに乗ったのだから、それは五年も前のことだ。

そこで、ふと気付く。

五年？……その頃《ころ》レイフォンは十になるかどうかではないか！

「まさか……」

「天才というものを私は知っている。だが、あれには私も感動した。そして絶句《ぜっく》させられたよ。私には武芸の素養《そよう》はないが、それでもあの凄《すさ》まじさは万人《ばんにん》に理解《りかい》できるものだと確《かく》信《しん》できる」

十になるかならぬかの子供《こども》が、引きずるように剣を持って大の大人をいとも簡単《かんたん》に叩《たた》き伏《ふ》せたのだ。

「私だけではなく、会場にいた全ての人々がその事実に驚《おどろ》かされた。それだけ異例《いれい》のことだった。それはそうだろう。あんな子供が、武芸が最も栄《さか》えていると言われているグレンダンで高位の存在《そんざい》として君臨《くんりん》するというのだからな。

だから、その名前を忘《わす》れるなどできない。入学志願者の書類に、奨学金《しょうがくきん》試験の論文《ろんぶん》にその名前があるのを、私が見過《みす》ごすはずがない。今のこのツェルニの状況《じょうきょう》で彼が来る。救世主が現《あらわ》れたと思ったよ。同時に私は、彼がグレンダンをどうして離《はな》れるのか理解できなかった。しかも希望しているのは一般《いっぱん》教養科だ。いや、一般教養科であることには驚かなかった。彼にとって、武芸とはすでに人に教えを請《こ》うものではないからな。だが、それでも気になった。だから、私は調べた。調査《ちょうさ》の結果が来たのは入学式の前日だったがね」

「それで……」

ニーナは喉《のど》が渇《かわ》いていた、張《は》り付くような感覚を、唾《つば》を飲み込《こ》んで癒《いや》そうとする。

そうだ。

なぜこうも自分は怒《おこ》っていたのか、ニーナは唐突《とうとつ》に理解した。

今なら理解できる。あんな実力を持っていながら、レイフォンは訓練の時も本気を出さなかった。それはまだいい。本当に許せないのは、初めて武器を交《か》わした時、レイフォンはわざと負けたのだ。ニーナを倒《たお》すなど簡単なくせに、レイフォンはそんなことはせず、負けてみせた。

自分にとって、これしかないと思っている武芸を穢《けが》された気がしたのだ。

だけれど、もしかしたらそうではないのかもしれない。

ほんの少しだけ怒りが冷めて、ニーナは冷静に考えた。もしかしたら、目の前にわずかに興奮《こうふん》した様子を見せるカリアンがいることが、逆《ぎゃく》にニーナを冷静にさせたのかもしれない。

レイフォンにとって武芸とはどういうものなのだろうか？　好きではないのかもしれない。好きならば、たとえ学ぶものがないとしても武芸科に入ったのではないだろうか？

（そういえば）

思い出す。機関掃除《そうじ》の仕事で、二人で夜食を食べた時、確かレイフォンはこう言ったのではなかったか？

『武芸ではダメなんです。それはもう、失敗しましたから』

あの時はその後の電子精霊《せいれい》を捜《さが》すのに気分が移《うつ》って忘れてしまっていたが、よく考えれば意味深な言葉だ。

失敗した？

一体なにを？

故郷《こきょう》のグレンダンで武芸の高位に立ちながら、レイフォンは一体、なにを失敗したというのだろうか？

「彼は……」

カリアンが口を開く。ニーナは反射的《はんしゃ》に耳を覆《おお》いたくなった。

聞きたい。

しかし、聞いてはいけない話なのかもしれない。聞いては、レイフォンを小隊に置いておくことができないかもしれない。自分の心が、それを許《ゆる》さないかもしれない。

揺《ゆ》れる判断《はんだん》に心をさまよわせている間に、カリアンは言葉を紡《つむ》いでいく。

「彼は天剣授受者という名声を、自ら貶《おとし》めた」

†

保健室《ほけんしつ》で目覚める時はろくなことがないらしい。

「やらかしたぁ……」

起きてすぐに自分がなにをしたか理解して、レイフォンは激《はげ》しい自己嫌悪《じこけんお》に頭を抱《かか》えた。

頭のあちこちで脈打つような鈍痛《どんつう》がしている。触《さわ》ってみると、こぶがたくさんできていた。

「っつう……」

痛《いた》みを声に出して逃《に》がしつつ視線《しせん》を保健室の中に延《の》ばしていると、長椅子《ながいす》の上に荷物があるのを見た。大きめのバスケットが一つと女の子が使いそうなバッグが三つ。目をやっているとどやどやとした声が廊下《ろうか》から近づいてき、そのままドアが開けられた。

「あ、レイとん起きてる」

手に紙コップを持ったミィフィが大きな声を上げた。その後ろには当たり前のようにメイシェンとナルキがいる。

「どうどう？　大丈夫《だいじょうぶ》？　てか、すごいじゃんレイとん。びっくりしたよう」

興奮《こうふん》した様子でこちらにくるミィフィに、レイフォンは苦笑《くしょう》しながらベッドに腰掛《こしか》け直した。

「あそこまで強いとは思わなかったな。あれは、すごいぞ」

ナルキにまでそう言われ、いや、武芸《ぶげい》科のナルキだからこそそう言うのか、レイフォンは苦笑の色を深くする。

レイフォンの顔を見て、ナルキがちょっと表情《ひょうじょう》を変えたような気がした。

「……大丈夫？」

メイシェンが差し出してくれた紙コップのジュースを受け取る。渇いていた喉《のど》にフルーツ味のジュースはありがたかった。ちびちびと体に染《し》み込ませるように飲んでいく。

「ありがとう。落ち着いたよ」

一息ついた気分で、レイフォンは礼を言った。メイシェンの頰《ほお》にぱっと朱《しゅ》が散る。彼女は慌《あわ》てて俯《うつむ》くようにしながら、ベッドから長椅子に小走りに向かっていく。

「……あ、あの、お腹空《なかす》いてるんなら、お弁当《べんとう》作ってるけど……」

「あ、ありがとう」

長椅子に移動《いどう》して、広げたバスケットの中を覗《のぞ》く。中は二つに仕切られていて、片方《かたほう》にはサンドイッチが、もう片方にはクッキーなどの焼き菓子《がし》が紙に包んで入れられていた。

「ちょうどお腹が空いてたんだ」

朝から胃《い》がキリキリしていたので、なにも食べる気になれなかったのだ。今はそれも去って、バスケットの中身を見たことで胃が思い出したように空腹《くうふく》を訴《うった》えている。

サンドイッチを一つつまんで食べる。窺《うかが》うような視線が頰の当たりに突《つ》き刺《さ》さるのを感じながら、レイフォンは二口でサンドイッチを食べきるとジュースで流し込んだ。

「美味《おい》しい」

ぱっと、緊張《きんちょう》していたメイシェンの顔が華《はな》やぐ。

「えーと……」

次に手を出そうとして、レイフォンは少しためらった。

「あたしらはまだいいから、全部食べても問題ないぞ」

「そそ、全部食べちゃって」

ナルキとミィフィに言われ、メイシェンもこくこくと頷《うなず》いている。レイフォンは遠慮《えんりょ》なく次のサンドイッチに手を伸ばした。

「さて、ちょっとジュースをお代わりしてくる」

「む、あたしもいくぞ」

いきなり二人が立ち上がったのに、隣《となり》に座《すわ》っていたメイシェンが思い切り顔色を変えた。

「……ふ、二人とも」

「心配しなくても、ちゃんとおまえらのも買って来てやる」

あわあわと手を振《ふ》るメイシェンに、ナルキは平然と言う。

「ああそうそう。隊の人が打ち上げをやるとか言っていたぞ。あたしたちも誘《さそ》われた」

「あ、うん。わかった」

試合のことを少し思い出して気が重くなったが、とりあえず今は食欲《しょくよく》を優先《ゆうせん》させる。モゴモゴとおざなりに返事をして頷いているとナルキたちは保健室を出て行った。

二人きりになると、とたん、メイシェンが落ち着きをなくした。レイフォンの隣に座ったまま、膝《ひざ》の上で指をせわしなく絡《から》ませ、視線をあちこちに動かしている。

四つめを食べ終えて、腹《はら》が落ち着いてきたレイフォンはそんなメイシェンの仕草に気が付いた。

（ああ、人見知りするんだっけ？）

サンドイッチを食べながら、レイフォンはなんだか悪い気になってきた。ナルキもミィフィもそれがわかっていてメイシェンだけを残すのだから、人が悪い。

「ごめん、わざわざ作ってもらって」

「……いいんです。お、お礼だから」

「お礼？」

「……たすけてくれたから」

入学式でのことを思い出して、レイフォンは首を振った。

「あれは、そんなたいしたことじゃないから」

メイシェンをたすけようと思ったわけではない。ただ、どうしてだか体が動いた。

本当に、ただそれだけなのだ。

「……でも、わたしはたすけてもらったから」

「じゃあ、ありがたくいただきます。って、もうほとんど食べちゃってるけど」

それで、メイシェンがくすりと笑った。レイフォンは気恥《きは》ずかしさを感じて、次のサンドイッチを取る。

「……レイ、とんて、本当に強いんですね」

最後のサンドイッチを食べ終えたところで、メイシェンがそう呟《つぶや》いた。

「いや……そんなことは」

否定《ひてい》しようとしても、否定しきれない自分がいることにレイフォンは気付いた。武芸に関して、自分が並々《なみなみ》ならぬ実力を持っているのは自覚している。そして結果もまたある。それをなんとか隠《かく》そうとしてきた。生徒会長にはなぜかばれていたけれど、彼が口外する様子がなかったから、なんとかなると思っていた。

それも、今日の試合で全《すべ》てが台無しだ。

グレンダンから来ている生徒だっているに違《ちが》いない。今日の試合で人違いかもしれないと思っていた連中も、レイフォンが天剣授受者《てんけんじゆじゆしゃ》だと確信《かくしん》することだろう。

「……強いです。見てました。あんなに、すぐに二人も倒《たお》しちゃって……」

レイフォンの姿《すがた》は観客席の大型モニターに映《うつ》し出されていたらしい。

「……でも、どうしてすぐに倒さなかったんですか？」

いずれ来るだろうと思っていた質問《しつもん》が、レイフォンの前に置かれた。その時になって、自分の服に染《し》み付いている土のにおいに気が付いた。医療《いりょう》科の人間はベッドに寝《ね》かせる前にできるだけ土は落としたのだろうけれど、あれだけ汚《よご》れていたらその程度《ていど》で済《す》むはずもない。思考を巡《めぐ》らせようとすると、頭のこぶの痛《いた》みも思い出してしまう。

（転がりすぎたんだよな）

頭を打ちすぎて、考えるのがしんどくなってしまったのだ。だから自分の正体を隠すことよりも、ニーナが打ちひしがれる姿を想像《そうぞう》して、それはだめだと思ってしまった。

「勝つつもりがなかったんだ」

だから、素直《すなお》にそう言った。

「武芸《ぶげい》をしている自分なんて、もう本当にどうでもいいんだ。好きで始めたことじゃないし、でも誰《だれ》かに勧《すす》められたわけでもない。ただ、必要だから覚えた。

そして、必要じゃなくなったから、やめたんだ」

きょとんとさせたメイシェンの横で、レイフォンはそう呟いていく。

もっとうまく……手の抜《ぬ》き方に慣《な》れていれば、うまい負け方なんてのもできたのかもしれない。そう考える。だけれど、レイフォンは手を抜くなんてしたことがなかった。武器を握《にぎ》れば常《つね》に……全力ではなくとも真剣に戦った。相手が強いか弱いかなんて関係ない。

そこになにかの気持ちを混《ま》ぜることはない。勝利の先にある結果を手に入れるために、真剣に戦った。

「僕《ぼく》が孤児《こじ》だって、話はしたよね？」

メイシェンが少し気まずげに瞳《ひとみ》を揺《ゆ》らせて頷《うなず》いた。

「うちの園長は金策《きんさく》の下手《へた》な人でね、いつもお金に困《こま》ってた。食事がどんどん粗末《そまつ》になるのを見ては、ああ園長はまたなにかに失敗したなって思った。それで、いつかなにも食べられなくなる日が来るんじゃないかって、脅《おび》えてた」

そんな時に、剣と出会った。

「才能《さいのう》があるって言われて僕は、じゃあこれでお金を稼《かせ》ごうって決めた。いろんな試合に出て、賞金を稼いで……」

そして、気が付けば天剣授受者になっていた。

天剣授受者を夢《ゆめ》見ている者たちが聞けば怒《いか》り狂《くる》うような話かもしれないけれど、それこそがレイフォンの真実で、その程度《ていど》の価値《かち》しか天剣という言葉に見出《みいだ》していなかった。目的のための過程《かてい》の一つ。

「おかげで、園は潤《うるお》ったよ。みんなが僕に感謝《かんしゃ》してくれた」

「……それで、もう武芸はしないって決めたんですか？」

「うん。十分にお金は貯《た》めたからね。あいにくと僕の学費分は残らなかったけれど、それはまあ仕方ない。今度は別の方法で稼ぐだけさ」

「……未練とか、ないんですか？」

問われて、レイフォンはごく自然に笑《え》みを浮《う》かべて頷いた。

「まあ、なにをやりたいかとかはまったく決まってないんだけど……」

「……きっと見つかりますよ」

少し恥ずかしげに小声で呟くと、メイシェンは肩《かた》をすくませて小さくなった。

「でも……」

そんなメイシェンが視線《しせん》を床《ゆか》に向けたまま、さらに小さく付け加えた。

「……さっきの試合は、……凄《すご》かったけど、……ちょっとずるいとも思いました」

「え？」

「……わざと負けるつもりだったのに、どうして勝っちゃったんですか？」

「…………」

頭を打ってぼんやりとしたから、それを言おうとしたけど、やめた。みっともない言い訳《わけ》だし、メイシェンが言おうとしているのはそういうことではない気がしたからだ。

「……レイとんにも事情《じじょう》があるし、試合で勝つとか負けるとか、……そういうのはわたしにはよくわからないです。……でも、負けると決めたのなら、負ければ良かったと思います。途中《とちゅう》から気分を変えたみたいに本気になったみたいで、……なんだか、かっこよくなかったです。

……好きなものを見つけるとか、わたしも、どうしてお菓子《かし》とか作るのがこんなに好きになったのか、自分でもうまく説明できないし、どうやって見つければいいのか、なにも言えないけど……」

一拍《いっぱく》置いて、メイシェンは空気の塊《かたまり》でも飲み込むみたいに深呼吸《しんこきゅう》してから、続きを口にした。

「……入学式の時のレイ、とんは、本当にかっこよかったです。わたしはあの時みたいなレイとんが見てたいです」

そこまで言って、メイシェンは俯《うつむ》いたままの顔を真っ赤にして「ごめんなさい」と小さく呟《つぶや》いた。

レイフォンはなにも言えず、ただ首を振《ふ》るしかできなかった。

それから戻《もど》ってきたナルキたちと少し話して、夜の打ち上げまで別行動ということになった。

レイフォンは寮《りょう》に戻り汚《よご》れた戦闘衣《せんとうい》を脱《ぬ》ぎ捨《す》てて浴場でシャワーを浴びる。

さっぱりとして部屋に戻ってきたレイフォンは机《つくえ》の上に置かれた紙の包みに目がいった。

メイシェンがくれた焼き菓子だ。

「甘《あま》いの、苦手なんだけどな」

断《ことわ》るに断れなくて、そのまま持って帰ってしまった。

片手《かたて》に載せて包みを開ける。閉《と》じ込《こ》められていた甘いにおいが鼻孔《びこう》を撫《な》でた。なんとなくだが、メイシェンのにおいのような気がした。お菓子を作るのが好きで、美味《おい》しいケーキを作る喫茶店《きっさてん》で、苦手なウェイトレスをしてでもそこの作り方を学ぼうとするメイシェンの姿《すがた》が脳裏《のうり》に浮かんでくる。俯き加減《かげん》に、少し頬《ほお》を赤くしながらレイフォンがサンドイッチを食べる姿を覗《のぞ》き見ている彼女の姿が浮かんでくる。

一つつまんで口に運ぶ。

「……あま」

当たり前の話だ。

だが、甘さが舌《した》の上に広がっていく感覚は嫌《きら》いではない。疲《つか》れた時には甘いものが良いのだし、実際《じっさい》、糖分《とうぶん》が体に染《し》み込んでいくような感じがした。

「ああ……」

レイフォンは包みを摑《つか》んだまま、その場に座《すわ》り込んだ。目の前に流れた髪《かみ》をかきあげて、床《ゆか》を見つめる。

メイシェンに嘘《うそ》をついた。

正確《せいかく》に言えば、都合の悪い部分を言わなかっただけなのだ。それで誰かが傷《きず》つくということはない。ないと思う。

だけれど、体裁《ていさい》を取り繕《つくろ》っただけの黙秘《もくひ》をした自分自身にうんざりする。

そして、その体裁も無様に見透《みす》かされていたような気がした。試合での自分は確かにみっともなかったと思う。勝つつもりもないのに、途中から勝つために動いて、実力をもったいぶって隠《かく》していたみたいで、本当にみっともない。

それで勝って、どうするつもりなのか？

武芸《ぶげい》に戻るのか？

嫌《いや》だ。

じゃあ……

「それで僕は、なにがしたいわけ？」

何度も問いかける。何度でも問いかける。武芸は捨《す》てた。では、レイフォンにはその先があるのか？

その先になにかが見えているのか？

なにもない。ただ、なにかがしたいという思いだけがある。夢《ゆめ》もなにもなくただ目の前にある歩きやすい道を歩いてきただけの自分が、ちゃんと自分で道を見つけて歩きたいと思ったのだ。

どこに向かって歩くかなんて決まっていない。

それを見つけようと思ってここに来た。見つかるかもしれないというほのかな期待は、しかしこの学園の状況《じょうきょう》が、レイフォンを知る生徒会長が許《ゆる》してはくれなかった。

クッキーをまた一つつまんで、口に放《ほう》る。甘い味が舌に広がる。レイフォンが甘いのがあまり好きそうでないとわかってくれていたのだろう。甘さは抑《おさ》えめでとても食べやすい。そういう気遣《きづか》いがまた、胸《むね》を痛《いた》くさせる。それができてしまう彼女のお菓子《かし》作りへの思いというものが胸にぶつかってくる。

そんなメイシェンがレイフォンに見た『かっこよさ』って一体なんだ？

「うまいなぁ、もう」

レイフォンはクッキーをぽりぽりと食べ続けた。

†

対抗《たいこう》試合の二日目も無事に終わり、深夜。

ナルキはライトを片手に野戦グラウンド付近を歩いていた。胸には都市警《としけい》のバッジがあり、剣帯《けんたい》には打棒《だぼう》に変化する錬金鋼《ダイト》が下げられている。隣《となり》には先輩《せんぱい》の武芸科の女生徒が歩き、二人は夜のツェルニを巡回《じゅんかい》していた。

「じゃあ、あの第十七小隊の一年生って、君のクラスメートなの？」

「はい」

先輩の瞳《ひとみ》が好奇心《こうきしん》に輝《かがや》くのを見て、ナルキは苦笑《くしょう》した。

夜にもなれば、多くの人は繁華街《はんかがい》に移動《いどう》するために野戦グラウンドの周囲は人気がなくなる。それでも、そういう人気のない場所で目的を果たそうとする不埒《ふらち》なカップルや、怪《あや》しげな不正実験をしようとする錬金科《れんきんか》や工業科の生徒がいたりするので気を抜《ぬ》けない。

それでもやはり、暇《ひま》なことは暇なのだ。

話の種として先輩の方から過去《かこ》に錬金科が起こした異臭事件《いしゅうじけん》や、機械科の自動機械による闇賭《やみか》け試合の話を聞いているうちに、いつの間にか昨日の対抗試合の話になり、そして前述《ぜんじゅつ》の会話へと繋《つな》がっていく。

「すごいねぇ、彼。武芸科でもあれだけ剄《けい》が練《ね》れる人は少ないよ。何者なのかしら？」

「さあ……それは本人もあまり話してくれませんから」

というよりも、話したくないという雰囲気《ふんいき》を出している。昨晩《さくばん》の打ち上げの時もいろいろと飛んでくる質問に、全《すべ》てあいまいな表情《ひょうじょう》でごまかしていた。

「ただ、グレンダンの出身のようですから」

「グレンダン？　ああ、なるほどね。でも、グレンダンだからって、みんながみんな武芸してるわけでないし。……ああ、そういえば」

「なんです？」

「去年の一年でグレンダン出身の武芸家がいたのよね。でも、これがぜんぜんで。合同訓練ですっごいみっともなかったのよ」

くっくっと声を殺して笑う先輩に、ナルキは首を傾《かし》げた。

「あの……どうみっともなかったのですか？」

「ああ、そうね。剄の訓練だったんだけど、武芸科入るんだから内力か外力、どっちかの基本《きほん》ぐらい修《おさ》めとくのが当然でしょ？　なのにその子、剄が使えるってだけですごい自慢《じまん》げに話しててね。グレンダンだったら、こんなのとっくにやってるとか言ってたの。でも、実際《じっさい》にやらせてみたら全然レベル低くて、他《ほか》の子たちの方が簡単《かんたん》にしちゃってたのよね。結局その子、半年ぐらいで学校辞《や》めちゃったんだけど。あの時はグレンダンもたかが知れてるなぁってみんなで話してたんだけど、昨日の試合を見ると、やっぱり違うのかなって考えちゃうよね」

「あの、グレンダンからの生徒は、少ないのですか？」

「ん？　そうねぇ。わたしが知ってるのはその子くらいかな？　グレンダンはここ数年、ツェルニから遠い場所にあるみたいだし。やっぱり、学園都市に来るにしても近場の方が安全だから、少ないかもね。それ考えるとあの子、グレンダンから遠くの場所なら剄の扱《あつか》いも未熟《みじゅく》とか考えてたのかな？」

そう言ってまたクスリと笑う先輩を横目に、ナルキは物思いに耽《ふけ》った。

件《くだん》のみっともない生徒の話は、レイフォンにも通じるのではないだろうか、そんな風に考えていた。

学園都市に進学するのならなるべく近場を選ぶ。その方が放浪《ほうろう》バスでの移動の際《さい》の危険《きけん》も少ないのだ。もちろん、常《つね》に移動し続ける都市の場所を正確《せいかく》に知り続けることはできないが、交通局に問い合わせれば放浪バスが辿《たど》り着いた日数や方角から、近隣《きんりん》の都市の大体の位置を計測《けいそく》したものがあるので教えてもらえる。ナルキたちだって、それで調べた上で候補《こうほ》を絞《しぼ》り、最終的にツェルニにしたのだ。

（レイとんは、わざわざ遠い場所を選んだのだろうか？）

その可能性《かのうせい》があるような気がした。同郷人《どうきょうじん》ができるだけ少ないところを選んだのだろうか？　なんとなくだが、それは事実に近いような気がした。なにかを隠《かく》したがっているレイフォンは、知っているかもしれない人間が近くにいるのを好まないはずだ。だから、わざわざ遠い場所を選んだ。

だとしたら……？

「ふうむ？」

「……どうかした？」

急に黙《だま》りこくったナルキに、少し先に行ってしまった先輩が振《ふ》り返る。

「いえ、なんでも」

ナルキは首を振り、すぐに先輩に追いついた。

（なにも問題はないな）

だとしたら……そこになにか問題があるか？　いやない。

それがナルキの出した結論《けつろん》だった。

人間、生きてたら過去《かこ》を消したいぐらいに辛《つら》かったり恥《は》ずかしかったりする思い出はできてしまうものだ。その時に、その記憶《きおく》を思い出してしまう場所から逃《に》げ出してしまうという選択《せんたく》が間違いだということはない。

（まあ、それがどれくらいかによるけど）

気になっているのは、レイフォン自身のことではなく、メイシェンの方だ。レイフォンに気があるのは明白だし、近づけば近づくだけレイフォンが隠していることに触《ふ》れてしまうことになる可能性が高くなる。いや、触れてしまうだろう。成就《じょうじゅ》するのならば、傷口《きずぐち》に触れないままに気を遣《つか》うような関係になど、なって欲《ほ》しくない。

その時に、メイシェンはどうするだろう?

(あの子なら……)

大丈夫《だいじょうぶ》。そう思おうとした、しかしできない。

(やばい。へこたれるかも)

だんだん心配になってくる。

メイシェンは、小さい時から三人の中で一番背《せ》が高くて喧嘩《けんか》の強かったナルキの背に隠れていた。ミィフィはいじめっこの弱みを即座《そくざ》に摑《つか》んで陰湿《いんしつ》な嫌《いや》がらせをするのが大好きだったから、そういう連中からは敬遠《けいえん》されていた。

喧嘩の強いナルキと、情報戦《じょうほうせん》に長《た》けたミィフィ。気の弱いメイシェンは二人に守られて大きくなったようなものだ。

しかし、ただ守られていたわけではない。

お菓子《かし》作りが大好きで、食べるのが専門《せんもん》のナルキとミィフィは、メイシェンの作るお菓子の魅力《みりょく》に屈服《くっぷく》させられていた。からかいすぎて作ったお菓子をくれなくなると、二人揃《そろ》ってメイシェンに頭を下げたものだ。

しかしそれでも、三人という輪の中から外に出たことはあまりない。学園都市に来て、自分で喫茶店《きっさてん》に働きに行くようになったのはすごい進歩だと思っているが、それがそのまま、ナルキたち以外の人間関係へと繋《つな》がるとは思えない。

非常《ひじょう》に、心配だ。

(むむ、どうする? こうなったらあたしが先にレイとんを締《し》め上げて吐《は》かせてしまうか? 下手《へた》に暗すぎる話だと、ほんとにメイはへこむかもしれないしな。しかしどうやる? 相手は気が弱そうでも実力はあたしよりも上だからな。こうなったら権力《けんりょく》に訴《うった》えるか? 証拠《しょうこ》をでっちあげて逮捕《たいほ》するぞとでも脅《おど》すか?)

そんな、過保護《かほご》な上に危険な思考に深くはまり込んでいると、またも歩くのが遅《おそ》くなってしまい、先に行ってしまった先輩《せんぱい》が振り返る。

と……

「うわ……」

先輩が、バランスを崩《くず》してその場に座《すわ》り込んだ。

地面が揺《ゆ》れた。

「なんだ?」

激《はげ》しい揺れに、ナルキはその場に膝《ひざ》を突いた。立っていられないほどの激しい揺れに、周囲の建物や植樹《しょくじゅ》が悲鳴を上げている。近くにあった街灯《がいとう》が今にも倒《たお》れそうなほどに揺れて、光が暴《あば》れている。

「ななな……なになになに？」

どうやら地面が揺れるのは初めての経験《けいけん》らしい先輩は、慌《あわ》てた様子で揺れる街灯にしがみついていた。

「都震《としん》です。足場が悪かったのか、それともなにか踏《ふ》み外したか……」

「え？……ええ」

理解《りかい》するのに少し時間がかかったようだ。

普通《ふつう》に生活していると忘《わす》れてしまいがちだが、自分たちが住んでいる都市は常《つね》に本当の大地の上を移動しているのだ。

ナルキの小さな時、ヨルテムは地盤《じばん》の弱い土地に入り込《こ》んでしまったがために今日よりも激しい都震に襲《おそ》われて、かなりの被害《ひがい》を受けたことがある。

揺れはしばらくして収《おさ》まり、ナルキは立ち上がって辺りを見回した。どこかが出火した様子はない。ここからでは繁華《はんか》街《がい》や居住区《きょじゅうく》が遠いためにそちらの騒動《そうどう》の音までは聞こえてこないが、きっと騒《さわ》ぎになっていることだろう。

ミイフィやメイシェンのことを考えてしまう。二人とも、今の時間は寮《りょう》でぐっすりと眠《ねむ》っていたはずだ。

「なんともなければいいのだが」

そう呟いたナルキの思いを打ち砕《くだ》くかのように、サイレンが激しく鳴り響《ひび》いた。

†

ニーナが昨日から機嫌《きげん》が悪い。それはたぶん、レイフォンが実力を隠《かく》していたからだろうとは思うのだが……。

レイフォンとニーナは近くでパイプを磨《みが》いていた。太いパイプがいくつも絡《から》み合うようにしてある機関部の奥《おく》でブラシを使って汚《よご》れを取り、錆防止《さびぼうし》の塗料《とりょう》を塗《ぬ》り重ねていく。

塗料の入った缶《かん》と刷毛《はけ》を片手《かたて》に、レイフォンはギチギチという音でもしてそうな背後《はいご》に神経を集中していた。背後ではニーナが黙々《もくもく》と頭上にあるパイプにブラシを当てている。

そのゴシゴシという音が、まるでレイフォンを責《せ》めているように感じてしまう。

「うう」

思わず漏《も》らしてしまった声にも、ニーナは無反応《むはんのう》。レイフォンはまたも胃《い》が痛《いた》くなってきた。

(僕《ぼく》、なにか悪いことしたかな?)

自分では答えが出ていると思っていても、ついつい、他《ほか》の可能性《かのうせい》も考えてしまう。

昨晩《さくばん》、打ち上げで合流した時からニーナの様子はおかしかった。出席もしなかったフェリは置いておくとして、シャーニッドやハーレイたちがレイフォンに声をかけてくる中、ニーナはレイフォンに話しかけようとはしなかった。「ご苦労だった」と短く言ったきりで、後は離《はな》れた場所に一人でいた。

実力を隠していたことを怒《おこ》っている。

原因《げんいん》は、やはりそれしかないのだと思う。自分が得意分野だと思っていたものを、それをすぐ近くの人間に、しかもぜんぜんがんばっている様子もない人間に追い抜《ぬ》かれるのは気持ちのいいものではないだろうとは、レイフォンだって思う。努力の成果をあざ笑うようなものなのだ。

「あの……」

このままではどうしようもない。レイフォンは振り返ってニーナの背中《せなか》に声をかけた。

ブラシの動きがピタリと止まる。

「なんだ？」

振《ふ》り返らないまま、ニーナはブラシを下ろした。

「怒ってますか？」

自分でも呆《あき》れるほどに率直《そっちょく》な言葉が出てしまった。他に良い言葉が浮かばなかったのだが、もう少し、何かがあっただろうと呆れてしまう。

（うわ、馬鹿《ばか》）

「……いや」

怒声《どせい》が返ってくると思って首をすくめていたのに、ニーナが呟いたのはそれだけだった。

「怒っているわけではない。ただ……」

ニーナが息を抜《ぬ》いたのがわかった。肩《かた》を上下させた後にこちらを見る。

視線《しせん》はレイフォンの目から少しそれていた。

「おまえを小隊に入れたことを、少し後悔《こうかい》している」

「え？」

「生徒会長の策《さく》にはまったと言えば、まさしくその通りなのだ。対抗《たいこう》試合まで時間がなく、わたしが満足できるほど剄《けい》の使える者もいなかった。その点でおまえは、わたしの衝剄《しょうけい》を受けきった。後は鍛《きた》えればなんとかなると思った。対抗試合では負けても、本番である武芸大会までにはなんとかなると、そう思っていた。

本当のおまえは、それ以上だったのだがな」

「いや、そんなことは……」

「嘘《うそ》ではないだろう？　天剣授受者《てんけんじゅじゅしゃ》とやらなのだろう？」

なにげなく出た言葉は、即座《そくざ》に否定《ひてい》されてしまった。レイフォンは言葉を失って、息を呑むしかない。ニーナは気まずい顔ではっきりと視線をレイフォンから外した。

「生徒会長から、聞いたんですか？」

「そうだ」

ニーナが頷《うなず》く。

「生徒会長が知っていることは全《すべ》て聞いた。わたしは、それが真実でないのを祈《いの》るのみだ」

問いかけ、懇願《こんがん》するような瞳《ひとみ》にレイフォンは呑み込んでいた息を吐《は》き出した。全身が脱《だっ》力《りょく》する。座り込むようなものではなく、張《は》り詰めたものが途《と》切《ぎ》れるような、不意に体から重さが消えるような感覚……諦念《ていねん》、そう呼《よ》んでいいのだろうか。

（終わった……）

なにが終わったのかはよくわからない。ただ誰《だれ》にも言わなかっただけの、グレンダンに置き去りにしたものが戻《もど》ってきた。逃げてきたものが追いかけてきて、追いつかれた。

「なあ、嘘だと言ってくれ」

懇願するかのようなニーナの言葉。その反応《はんのう》こそが嘘ではないことを表している。

もとより、生徒会長の情報《じょうほう》が嘘だとは思ってない。

ヴォルフシュテイン……天剣授受者十二位に与《あた》えられるその名を知っていた時から。

誰もが責《せ》めるのだ。それが悪いことだと。それが、どうしてそれほどに悪いことなのか、誰もきちんと説明できないくせに悪いことだと言う。

表情《ひょうじょう》からこわばりが消えていく。

ああ、昔の自分が帰ってくる。ニーナの表情が凍《こお》りついている。今の自分を見て、ニーナは嘘ではなかったと確信したに違いない。

「本当にそうなのだな？」

「そうですよ」

レイフォンは頷いた。

「ええ。僕はグレンダンで禁《きん》じられていた賭《か》け試合に出場していた。そのために天剣授受者という名誉《めいよ》を穢《けが》し、都市を放逐《ほうちく》された」

ニーナの顔が引きつる。レイフォンはそれを淡々《たんたん》と眺《なが》めていた。

「なぜだ？」

「お金のためです」

自分の才能《さいのう》が金になると知ったのだ。あらゆる大会に賞金が出ていた。レイフォンはそれ目当てで武芸《ぶげい》を鍛《きた》え、次々と勝利をさらって来た。

それでも、普通《ふつう》の大会の優勝賞金など微々《びび》たるものだった。

勝利を重ねた結果、天剣授受者となってグレンダンの支配者《しはいしゃ》、アルモニス陛下《へいか》に仕えるようになったが、やはり俸給《ほうきゅう》などは微々たるものであったし、緊急時《きんきゅうじ》の特別報奨金《ほうしょうきん》もそうたいしたものではなかった。

「孤児院《こじいん》の仲間たちを養うためにはたくさんのお金が必要でした」

一人で生きていくのならば、あるいはごく普通の家族を養うだけなら、それだけでも十分すぎるほどの金額《きんがく》だっただろう。

だが、孤児院にはたくさんの孤児たちがいる。その子供《こども》たち全《すべ》てに十分な教育と満足な衣食を与《あた》えるには、決して十分とはいえなかった。グレンダンには孤児が多い。師《し》の経営《けいえい》していた孤児院だけではなく、グレンダン中の全ての孤児院を……自分の仲間たちを養うにはそれでもお金は足りなかったのだ。

自分の育った孤児院だけでよかったはずなのに、レイフォンは全ての孤児院のために金を集めなければならないと思った。なぜか思った。どうしてもそれに言葉を付けなければならないのならば、それは孤児と呼《よ》ばれる者たち全てが、レイフォンにとっては仲間なのだと、そう感じたからだろう。

だから、金が足りない。

「そんな時に、僕は知ったんです。高額《こうがく》の賞金が用意された賭《か》け試合が存在《そんざい》するのを」

ニーナの表情が一度、細かく揺《ゆ》れた。

武芸《ぶげい》が穢《けが》されたと、彼女も感じたのだろう。多くの人々は武芸を、都市を外敵《がいてき》から守るためにあるものとして神聖視《しんせいし》している。

特に武芸を志《こころざ》す者たちには、その考え方は根深い。

神聖なものは、人の欲《よく》で穢れてはならないのだ。

だが、逆《ぎゃく》に神聖であるからこそ、穢したいと思う人々はいる。対抗試合で内緒《ないしょ》で賭け事をしている生徒たちの多くは、祭りに近い雰囲気《ふんいき》に酔《よ》い、普段《ふだん》はしない禁《きん》じられた行為《こうい》に手を出してしまっている。

だが、それよりも、正気の内で穢したい欲求に従《したが》って行う者たちがいる。礼儀《れいぎ》に始まり礼儀に終わるきれいごとに満ちた表の大会ではなく、泥沼《どろぬま》にはまり込んでしまったかのような血みどろの戦いを望む人々もまたいるのだ。

そういう、禁じられた試合は、ことがことだけに優勝《ゆうしょう》賞金も大きい。

そしてレイフォンはその存在に気付いた。気付き、興行者《こうぎょうしゃ》に近づいた。天剣授受者という権威《けんい》を利用して脅迫《きょうはく》し、脅迫した上で自分の実力を商売道具とするように持ちかけた。

普通の試合としてみれば、どちらが勝つかなどははっきりとしている。だが、天剣授受《てんけんじゅじゅ》者《しゃ》の実力を余《あま》すことなく見ることができるとなれば、それはまた別の話だった。

自らの、天剣授受者の絶対《ぜったい》的な剄を見世物として、客から金を取った。

「だけれど、それも長くは保《も》ちませんでした。しょせんは浅知恵《あさぢえ》だったということなんでしょうね」

他人の口に戸は立てられない。いつの間にか、レイフォンがそういう裏《うら》のことに手を染《そ》めているという話がグレンダン中に広まり、そしてアルモニスの耳にも届《とど》いてしまった。

「結果、僕はグレンダンを放逐《ほうちく》されてしまいました」

「当たり前だ」

苛立《いらだ》たしさを吐《は》き捨《す》てるように、ニーナは床《ゆか》に言葉を叩《たた》きつけた。

その、ニーナの怒《いか》りは、グレンダンで多くの人々にぶつけられた怒りだ。育ての親でもある師に、他の天剣授受者に、そして孤児院の仲間たちにまでも。

それでも、レイフォンには理解《りかい》できない。

「どうして、当たり前なんです？」

「なんだと？　貴様《きさま》……」

「剄はこの世界で生きるために人間に与えられた大切な贈《おく》り物。確かにそうでしょう。そのおかげで僕は、そして多くのグレンダンの孤児たちは食べ物に困《こま》ることがなくなった。

それがどうしてそれほどに悪いことだと言われなければならないのですか？」

本当に、それが理解できないのだ。

「僕が最終的にグレンダンを追われることになった結果は、ある武芸者が僕に脅迫してきたのが原因《げんいん》です」

「脅迫……だと？」

それは知らなかったのだろう。ニーナの表情に戸惑《とまど》いが浮《う》かんだ。

「その人は、天剣授受者を決めるための試合に出る人でした。彼は僕が賭け試合に出ている証拠《しょうこ》を見せ、このことをばらされたくなければ負けろと、天剣を譲《ゆず》れと言ってきました」

天剣授受者は十二人と決められており、誰かが天剣授受者になるには、すでに天剣授受者になっている者と試合をして勝つか、天剣授受者の誰かが死亡《しぼう》した後での試合によって勝利するかのどれかしかない。

その人物はレイフォンを指名したのだ。勝つための、剣以外の力で勝利できる方法があったから。

しかし、レイフォンはその脅迫には乗らなかった。天剣授受者であるということが賭け試合では重要なのだ。それを、レイフォンは捨《す》てることができない。

だから、殺そうと思った。死ねばその秘密《ひみつ》が少なくとも公《おおやけ》となることはない。

試合で、レイフォンは一撃《いちげき》で決めようとした。その自信があった。相手の実力は確かなものだったが、こちらが本気を出すことはないと思っている。相手の油断《ゆだん》を突《つ》いて一撃で決めれば勝利は確実だった。確実に殺せると思った。

だが、殺せなかった。

レイフォンの一撃は相手の片腕《かたうで》を切り落としただけに終わり、そこで試合は相手の続行不能《ふのう》という形で幕《まく》を閉《と》じることになる。

そして、その人物の告発によって、レイフォンのしてきたことはグレンダン中に広がることになったのだった。

「僕は別に、あの人が卑怯《ひきょう》であるとは思っていません」

言葉を失っているニーナに、レイフォンは言った。

「何かを得るために全力だった。ただそれだけのことです。そして、最後で油断してしまった。それだけのことなんです」

そして、詰《つ》めが甘《あま》かったのはレイフォンなのだ。

生きることに必死だったのだ。自分でも無意味なほどに必死だったとは思っている。だが、その時には駆《か》り立てられるものがあった。

そういう意味では、生徒会長が自分を利用しようとしていることに憤《いきどお》りは感じない。都市を生かすために使えるものは何でも使おうとする、その姿勢《しせい》は昔のレイフォンに通じるものがある。

ただ、レイフォンが捨てようとしていたものに目を付けてしまったから、複雑《ふくざつ》な気分になっているだけだ。

「以上が、僕という人間です。卑怯だと思いますか？」

グレンダン中の人間がレイフォンを非難《ひなん》した。卑怯者だと。

ニーナもまたそうするのだろうか？　レイフォンは感情を殺した表情で彼女の反応《はんのう》を待った。

体が引きちぎれるような痛《いた》さがある。幻《まぼろし》だとわかっていても、それを振り切ることができずに、痛みはレイフォンを苛《さいな》んだ。

なぜ、こんな痛みを感じているのだろう？

いや、この痛みには覚えがある。陛下に与えられた罰《ばつ》だ。アルモニスは超絶《ちょうぜつ》な剄の所有者である天剣授受者を従える者である。その力は天剣授受者を凌駕《りょうが》する。レイフォンはアルモニスの前でなにもできないままに屈服《くっぷく》させられた。

その姿を残りの天剣授受者たちが、官僚《かんりょう》たちが、そして師が見つめていた。誰も彼もが冷たい目でレイフォンを見ている。その時の全身を蝕《むしば》んだ激《はげ》しい痛みが、レイフォンの中で蘇《よみがえ》っていた。

そして、ニーナが口を開いた。

「おまえは……卑怯だ」

次の瞬間《しゅんかん》、レイフォンたちに激しい揺《ゆ》れが襲《おそ》いかかってきた。

06　汚染《おせん》された大地で

それは地の中で長い時を過《す》ごしていた。大地に染《し》み込《こ》んだ汚染物質《おせんぶっしつ》を食《は》むのみで身動きすることもなく、ただ長い時を過ごす。時間という感覚を持っているのかいないのか、身じろぎすることもなく地の底で過ごすことになんの苦痛《くつう》も感じていない様子で、眠《ねむ》りと覚《かく》醒《せい》の狭間《はざま》で揺《ゆ》れるようにしながら、ただ土を食み、まどろみの中で時間を食いつぶしていく。

だが、そろそろ目覚めの時のようだ。

成体であるその存在《そんざい》は、汚染物質だけで生きていける。

だが、その存在の子たちはそうではない。耐性《たいせい》のできていない幼生《ようせい》たちでは汚染物質を分解《ぶんかい》して栄養とすることはできない。

汚染されていない栄養が必要だ。

眠りの時は終わり、新たな繁栄《はんえい》を。

地を割《わ》るその音が、目覚めの鐘《かね》となった。

縦横《じゅうおう》に走るパイプがギチギチと悲鳴を上げている。激《はげ》しく揺れる足場にバランスを崩《くず》したニーナの腕《うで》を、レイフォンは摑《つか》んだ。

一瞬《いっしゅん》、頭に火花が散る。触《ふ》れてはならないものに触れたような気がして、レイフォンは手を放そうとした。が、すぐに思い直し、ゆっくりとその場に腰《こし》をかがめた。

「なんだ……これは」

金属《きんぞく》の悲鳴があちこちでして、ニーナは大声を上げた。そうでなければすぐ近くにいるレイフォンにさえも声が届《とど》きそうにないと思ったのだろう。

「都震《としん》です！」

レイフォンも声を上げる。

「都震？　これが……」

ニーナも都震は初めての経験《けいけん》らしく、戸惑《とまど》った様子で辺りを見回している。

「最初、縦《たて》に揺れました。谷にでも足を踏《ふ》み外すかしたのでは……」

レイフォンは慎重《しんちょう》に揺れの感覚を確《たし》かめた。最初に大きく縦に揺れ、そして斜《なな》めに激しく揺れている。足元に置きっぱなしだったバケツやブラシが勝手に床《ゆか》を滑《すべ》っていく。足を踏み外し、穴《あな》か何かに滑り落ちている？　だとしたら最悪の展開《てんかい》だ。動けなくなった都市は汚染獣《おせんじゆう》の格好《かっこう》の餌場《えさば》でしかない。

しばらくはその揺れに圧倒《あっとう》されていたらしいニーナだが、すぐにはっとした顔になって叫《さけ》んだ。

「非常呼集《ひじようこしゆう》がかかるはずだ！　すぐに戻《もど》らなくては！」

「こうも足場が不安定では動けませんよ」

「それでも、行かなくてはならない！」

レイフォンの手を振《ふ》り払《はら》って、ニーナは立ち上がった。全身に剄《けい》を走らせる。内力系活剄。ニーナは運動能力《のうりよく》を上げるとパイプの隙間《すきま》を縫《ぬ》うようにして走り出した。

それでも、揺れの収まっていない今では危険《きけん》な行為《こうい》には違《ちが》いない。

「ええい、もう！」

レイフォンも内力系活剄を走らせ、ニーナを追いかける。ニーナよりもすばやく、半《なか》ば飛ぶようにして進む。

先を行くニーナは、中空に吊《つ》るされるようにしてある通路を走っていた。

「無謀《むぼう》な」

確かにあそこを通れば最短距離《きょり》で地上に上がれるが、危険な行為だ。

事実、通路は今にも崩壊《ほうかい》しそうなほどに左右に揺れていた。必死に走るニーナは、いつ通路から放《ほう》り出されてもおかしくない状況《じょうきょう》だった。

階段《かいだん》を使う手間が惜《お》しい。レイフォンはあちこちにあるパイプを蹴《け》って跳躍《ちょうやく》する。通路の下には機関の中心部があった。電子精霊《せいれい》のいる場所だ。ニーナを追うレイフォンの視界《しかい》の端《はし》に、淡《あわ》く発光する存在を見つけた。電子精霊だ。

幼子《おさなご》の姿《すがた》をした電子精霊は、恐怖《きょうふ》に凍《こお》り付いたような表情《ひょうじょう》で地の底を見つめていた。体を丸めるようにして、まるで怖《こわ》くなって狭《せま》い場所に隠《かく》れているかのように。

怖い存在が来ないか隙間から覗《のぞ》き込むように……

その瞬間《しゅんかん》、レイフォンはなにが起こっているのかを確信《かくしん》した。

「最悪だ」

呟《つぶや》いて、最後のパイプを蹴って通路に着地する。

「待ってください！」

ニーナが通路を駆《か》け抜《ぬ》けたところで追いついたレイフォンは、再《ふたた》び彼女の腕を掴んだ。

「放せ！　のんびりとしている暇《ひま》はない！」

「ええ！　ないです！」

ニーナに負けず、レイフォンも怒《ど》鳴《な》った。

さすがにレイフォンのこの剣幕《けんまく》にはニーナも気を呑《の》まれた。ぎょっとして見てくるニーナに、レイフォンはそのまま言葉をぶつける。

「非常事態《じたい》です。とんでもなく非常事態ですよ。のんびりしている暇なんてない。すぐにでも逃《に》げなければ……」

「なにを言っている？」

「シェルターに急いでください。事態は一刻《いっこく》を争います」

「だから、なにを言っている」

ニーナが怒《おこ》って問い返すのに、レイフォンは戸惑いともどかしさが同時に胸《むね》の内に湧《わ》いた。

（なんて平和さだ！）

こちらはいっそのこと、悲鳴を上げたいくらいだというのに。ニーナは知らないのだ。グレンダンならば、こんな顔をしていればすぐに誰《だれ》もが状況を理解するに違いない。しかしニーナは違う。おそらくは、他のツェルニの生徒たちだってそうなのかもしれない。気付くのは一体、どれくらいいる？　そんなことを考えれば考えるほど、レイフォンは焦《あせ》ってしまう。

「レイフォン!?」

怒鳴られて、レイフォンは苛立《いらだ》ちに沈《しず》んだ意識《いしき》を戻した。ゆっくりと息を吐《つ》き、相手に染《し》み込ませるように言葉を紡《つむ》ぐ。

短く、しかし絶対《ぜったい》に相手に伝わるだろう一言を告げる。

「汚染獣が来ました」

†

悲鳴のようなサイレンに、カリアンは学校の寮《りょう》の電話で事情を聞き、校舎《こうしゃ》へと駆け込んだ。

普段《ふだん》の生徒会長室ではない。武芸科《ぶげいか》の校舎に囲まれるようにしてある尖塔《せんとう》型の建物の中に足を踏《ふ》み入れたカリアンは、そのまま塔の半ばほどの場所にある会議室に入った。

すでに何人かの生徒が会議室《かいぎしつ》にはいて、カリアンに視線を集中させる。

中には武芸長のヴァンゼもいる。

「状況は？」

カリアンの短い問いに答えたのは、ひょろりとした長身の男だった。日に焼けない白い肌《はだ》は不健康だが、今はさらに青くなっている。

「ツェルニは陥没《かんぼつ》した地面に足の三割《わり》を取られて身動きが不可能《ふかのう》な状態です」

「脱出《だっしゅつ》は？」

「ええ……通常時ならば独力《どくりょく》での脱出は可能ですが、現在《げんざい》は……その、取り付かれていますので」

そこまで聞くと、次にヴァンゼに視線を向ける。

「生徒たちの誘導《ゆうどう》は？」

「都市警《としけい》を中心にシェルターへの誘導を行っているが、まだ混乱《こんらん》が大きくてまとめきれていない」

ヴァンゼが苦い顔で首を振《ふ》る。カリアンは慰《なぐさ》めるように頷《うなず》いた。

「仕方がないでしょう。実戦の経験者《けいけんしゃ》なんて学園には希少《きしょう》なのだから。それよりもできるだけ速《すみ》やかにお願いします」

次に錬金《れんきん》科の代表を見る。

「全武芸科生徒の錬金鋼《ダイト》の安全装置《そうち》の解除《かいじょ》を。都市の防衛《ぼうえい》システムの起動も急いでください」

「ただいま、行っています」

「各小隊の隊員をすぐに集めてください。彼らには中心になってもらわねば」

再び、ヴァンゼに視線《しせん》を向ける。ヴァンゼが頷く。頷くが、やや青ざめた表情でカリアンに問いかけた。

「できると思うか？」

その問いに、会議室に集まっている全《すべ》ての生徒がカリアンを見た。

学園都市の最大の欠点は、プロが存在しないことだ。住人は全てが生徒。上級生が下級生に指導《しどう》する学園都市には大人がいない。

あらゆる面での熟練《じゅくれん》の経験者の不在《ふざい》。

それが今、最大の圧迫《あっぱく》と問いをカリアンたちにぶつけていた。

自分たちに、この最大の危機《きき》を乗り越《こ》えることができるのか？

「できなければ死ぬだけです。武芸科生徒だけではなく、ツェルニの上で生きる私たち全員が」

それらの視線を振り払うように、カリアンは言い切った。皆《みな》が息を呑《の》む。自分たちの状況《じょうきょう》を改めて確認《かくにん》する。死という言葉がすぐ側《そば》に迫《せま》っている状況に、逃《に》げたいという言葉は使えない。

都市から逃げ出したとしても、汚染《おせん》された大地の上では人はやはり生きてはいけないのだから。

「なんとしてでも、我々《われわれ》は生き残らなければならないのです。全ての人の、いいや自分自身の未来のためにも。各人、その事実を弁《わきま》えた上で、自らの立場にそった行動を取ってください」

カリアンの冷たく迫力のある雰囲気《ふんいき》に、その場にいる全員が黙《だま》って頷いた。

†

「……汚染獣《じゅう》だと？」

しばし硬直《こうちょく》していたニーナは、ようやくそう口にした。言葉を理解《りかい》へと到達《とうたつ》させるのにひどく時間がかかったようだ。それは、それだけニーナが平和という事実に沈《しず》んでいたことを、そのままレイフォンに教えた。

「馬鹿《ばか》な、都市は汚染獣を回避《かいひ》して移動《いどう》しているはずだ。そんなことが起こるわけが……」

「都市が回避できるのは地上にいるものだけです。それにしても限界《げんかい》はある。今回はおそらく、地下で休眠《きゅうみん》していた母体でしょう」

レイフォンは自分の推測《すいそく》を口にした。

汚染獣の雌《めす》は体内に卵《たまご》を溜《た》め込《こ》み、子が孵化《ふか》し成体になるまでの間、地下で休眠に入る。孵化してすぐの幼生《ようせい》は汚染物質《ぶっしつ》を吸収《きゅうしゅう》することができない。母体は休眠前に体内に溜め込んだ栄養を幼生たちに与《あた》え、それでも足りなければ共食いさせて無数の幼生の中から数匹《ひき》のみを成体とさせる。

それでも栄養が足りなければ自らを餌《えさ》として提供《ていきょう》してしまう。

繁殖《はんしょく》することに対して、汚染獣たちは凄《すさ》まじい性質を宿している。

「だけれど、自分が餌になる必要がなければ、母体は餌にはならないんです」

自分の代わりがすぐそこにあるのならば……

「なん………」

それがなんなのか、ニーナはすぐに理解してくれた。

自分たちが餌になる。ニーナを摑《つか》んだ手から、一度大きな震《ふる》えが伝わってきた。

恐怖《きょうふ》か？　しかし、それなら……

わからないまま、レイフォンは言葉を続けた。

「だから、すぐにでもシェルターに避難《ひなん》しないと……」

「馬鹿《ばか》を言うな！」

不意打ちのように、その言葉がレイフォンの頰《ほお》を打った。

「避難だと？　逃げろだと⁉　そんなことが許《ゆる》されると思っているのか！」

一気にまくし立てるニーナを、レイフォンは呆然《ぼうぜん》と見つめた。勁《けい》のきらめきが彼女を包む。それは彼女の闘志《とうし》の表れだった。対抗《たいこう》試合の時よりも激《はげ》しく、そして美しい剄の輝《かがや》きにレイフォンは息を呑んだ。

あまりにも、純真《じゅんしん》すぎる。

「わたしたちの力がなんのためにある？　なんのためにこの力はわたしたちに宿ったのだ⁉　この時のためではないのか？　くだらない人間同士の争いなんかではなく、生きるというただそれだけのために授《さず》けられたのではないのか？　だというのに、それから逃げることが許されるとでもいうのか？　ふざけるな！」

ニーナの震えの意味がわかった。恐怖ではない。恐怖を振《ふ》り払《はら》うための心の鼓動《こどう》だ。まっすぐに強い彼女の心が、全身を冒《おか》そうとした恐怖を振り払った。その鼓動なのだ。

そして、だからこその剄の輝きなのだ。

レイフォンは眩《まぶ》しさに目を細めた。

他人の剄をここまで眩しいと思ったことはない。ニーナよりも強烈《きょうれつ》な輝きを放つ者をレイフォンは知っている。もっと激しい剄を持つ者を知っている。

だが、今の彼女ほどに眩《まばゆ》い輝きを持っている者をレイフォンは知らない。

「……やはりおまえは、卑怯《ひきょう》だ」

激しさを抑《おさ》えて、ニーナが呟《つぶや》いた。

「それだけの強さを持ちながら、どうしてもっと他の何かを考えなかったんだ？」

ニーナが目を伏《ふ》せる。

「食べられぬことの怖《こわ》さをわたしは知らない。知らなかった。だから、金に執着《しゅうちゃく》するおまえの心を、わたしは完全に理解することはできないだろう。だが、それでも他に何かがあったのではないのか？　強さと地位を、そんな汚《きたな》いやり方で穢《けが》さなくとも良かったのではないのか？　確《たし》かに、おまえのやったことは単純に金を求める上では間違《まちが》っていなかったのかもしれない。だが、おまえの強さならば、わたしよりももっと大きなことができたのではないのか？　もっと大きなものを救えたのではないのか？　おまえが救おうとした仲間たちが、おまえを誇《ほこ》りに思えるようになれば、それはおまえの仲間の心をも救うことができたのではないのか？」

ニーナの言葉は、レイフォンの胸《むね》を抉《えぐ》るように突《つ》き刺《さ》さった。

天剣授受者《てんけんじゅじゅしゃ》であった時の、孤児院《こじいん》の仲間たちが自分を見る目。

そうでなくなった時の、自分を見る目。

天地が逆《さか》さまになったかのような態度《たいど》の豹変《ひょうへん》は、誰もレイフォンを理解していなかったのだと思った。

裏切《うらぎ》られたと思った。

だが、同じように仲間たちもレイフォンに裏切られたと思っていたのだろうか？

「わたしは行くぞ」

「待ってください」

あなたが行ったところで……言いかけて、レイフォンは言葉を呑《の》み込んだ。

行ったところで、勝てるわけがない。レイフォンには眩く感じられたとしても、それは剄の輝きがニーナの心を表しただけのことなのだ。それは心の強さではあっても、物質的な破壊力《はかいりょく》に繫《つな》がるわけではない。

しかし、それを言ってどうなる？

「今戦わずして、いつ戦うというのだ！」

走り去るニーナが残した言葉が、彼女が止まらないことを示《しめ》している。まして、止めてどうする？　武芸者《ぶげいしゃ》が汚染獣《おせんじゅう》と戦うのはしごく当たり前のことであり、天からの贈《おく》り物である剄や念威《ねんい》を持つ者の義務《ぎむ》なのだ。誰もがそう考えているのだ。

彼らが戦わずして、誰が戦う。

自分ならば……レイフォンが言いかけた言葉はこれだった。

だが、レイフォンはもう武芸者ではない。剄があろうとも、武芸者という立場を捨《す》てたレイフォンにその義務はない。

他人のために戦いたくはない。

グレンダンでの自分は間違えていたのかもしれない。しかしそれでも、あの時の人々の態度はレイフォンにとっては衝撃《しょうげき》だった。

「誰かのために戦うなんて……」

気付けば、レイフォンは地上に上がっていた。ニーナの後を追うように地上に上がったのだろう。走ってはいない。サイレンが辺りに響《ひび》き渡《わた》り、避難する人たちの音を聞きながら、寮《りょう》に向かって歩いていた。

「僕《ぼく》が戦う必要なんて、もうないんだ」

まるで呪文《じゅもん》のように、レイフォンはそう呟き続けていた。

寮は閑散《かんさん》としていた。当たり前の話だ。すでに全員が避難したのだろう、外の騒々《そうぞう》しさから隔絶《かくぜつ》された静けさはレイフォンの心に違和《いわ》感を覚えさせた。まるで来てはならない場所にいるかのような感覚だが、他にいる場所も思いつかない。レイフォンはまっすぐに自分の部屋を目指した。

部屋に入り、作業着を脱《ぬ》ぐといつもの制服《せいふく》に着替《きが》える。剣帯《けんたい》に吊《つ》るされた錬金鋼《ダイト》の重みが落ち着きを与《あた》えることに、レイフォンはなんとも情《なさ》けない気分になった。だが、シェルターに入らない以上、自衛《じえい》の手段《しゅだん》は持つべきだ。他人のために戦う気にはなれなくても、自分の命を守るためには戦わなくてはならない。

錬金鋼《ダイト》の重みが、まとわり付くようにしてある違和感を取り去ってくれる。だがそのために、心の中にできあがっていたモヤモヤとしたものが浮《う》き上がってしまった。

モヤモヤの正体はわかっている。違和感だ。人気のない寮にいることの違和感ではなく、自分自身の行動に対する違和感。

汚染獣が現《あらわ》れているというのに、自分が戦場にいないということに対する違和感だ。

「習慣《しゅうかん》になってたんだな」

ぽつりと呟《つぶや》いて、体がうずいている自分を笑った。汚染獣を退治《たいじ》すれば、特別危険手当《きけんてあて》が出る。そのために、レイフォンは率先《そっせん》して戦場に立っていた。グレンダンの移動範囲《いどうはんい》には、どういうわけか汚染獣が多くいた。汚染獣との遭遇戦《そうぐうせん》の数は、他の都市とは比較《ひかく》にならないぐらいだろう。

そしてだからこそ、グレンダンは武芸の本場と呼《よ》ばれるようになったのだろうとも思う。

しかし、今はそんなことは関係ない。

「僕はもう、誰《だれ》かのためには……」

そこまで呟いたところで、レイフォンは視界《しかい》の端《はし》に映《うつ》るものに気が付いた。ドアの端、廊下《ろうか》の壁《かべ》に寄《よ》りかかるようにしてなにかがある。

それがなんなのか気付いたレイフォンは、慌《あわ》てて拾い取った。

「！」

掌《てのひら》よりも少し大きいくらいの封筒《ふうとう》。長い旅をしてきた証《あかし》のように四隅《よすみ》が擦《す》り切れ、全体がくたびれたようになっていた。裏返すと、グレンダンのとある住所と懐《なつ》かしい名前が書き込まれていた。

「手紙……」

「リーリン……」

おそらくは寮の管理人が届《とど》いた手紙をドアの隙間《すきま》に差し込んでいたのだろう。レイフォンはそれに気付かないままにいたに違いない。そんなに長く気付かないなんてことはないだろうから、届いたのはレイフォンが学校に行っている間ぐらいか。

そんな、どうでもいい推測《すいそく》はすぐに放棄《ほうき》して、レイフォンは慎重《しんちょう》に封《ふう》を解《と》いた。

最初の一文で、レイフォンは目を剝《む》いた。

欺瞞《ぎまん》を見事に打ち砕《くだ》かれてしまった。

嘘《うそ》をつくな！

わたしはとても怒《おこ》っているよ。レイフォン、どうしてそんな嘘をつくの？　ちなみにこれは二通目の返事です。一通目の手紙は、なんだか変なところを経由《けいゆ》したらしくて、二通目と一緒《いっしょ》に届きました。別に、わたしが手紙の返事を書くのを怠《なま》けていたわけではないのであしからず。ていうか、わたしの住所くらいちゃんと把握《はあく》してなさいよね。

とにかく、怒っているんです。レイフォンがそんなすぐに他の人と仲良くなれるわけがないじゃない。普通《ふつう》の人と一緒に、普通の学生生活なんてできるわけがないじゃない。わたしを甘《あま》く見ないように。

「ひでぇ……」

そこまで読んで、レイフォンはずるずるとその場に座《すわ》り込《こ》んでしまった。他人と仲良くできないって、僕はそんな風に見られていたのか……レイフォンはがっくりとしてしまった。

それでも、続きを読む。リーリンは孤児院《こじいん》の中で一番レイフォンと仲が良かったし、あなってしまった後も、変わらずにレイフォンに話しかけてくれた数少ない人物だ。その人の言葉を無視《むし》するなんてできなかった。

読み進めていくうちに、レイフォンは自分の中で鼓動《こどう》が湧《わ》き上がるのを感じた。内側から突《つ》き上げるように鼓動がレイフォンを打つ。座ってはいられない、字を追いながらレイフォンは立ち上がり、自分の中に湧き立つ衝動を抑《おさ》えられなくなっていた。

読み終えた時、レイフォンはドアを体当たりするようにして開けると廊下に飛び出していた。

走る。

ひたすらに走る。

走りながら手紙をポケットに突っ込み、突っ込みながらさっき読んだ手紙の内容《ないよう》を頭の中で繰《く》り返した。

グレンダンにいた自分を忘《わす》れてしまいたいと考えるあなたの気持ちは、わかるような気がするよ。わたしだって、みんなに冷たい目で見られたら逃《に》げ出したくなる。なにもかも投げ出したくなる。

でも、本当は忘れたくないんじゃないの？　だって、レイフォンはこうしてグレンダンにいるわたしに手紙を出してくれるもの。わたしと手紙で繋がろうとしている。忘れたい昔に全《すべ》て押《お》し込むのなら、その中にわたしは含《ふく》まれるはずだもの。

稽古《けいこ》を受けていたレイフォンを、強くなっていくレイフォンを、わたしはずっと見てきました。あの姿《すがた》が嫌々《いやいや》ながらだったなんてとても思えません。園長さんの道場に通って、ひたむきに剣《けん》を振《ふ》る姿はわたしには眩《まぶ》しいものでした。

あんなにまっすぐになれるものをわたしも欲《ほ》しいと思いました。

レイフォン、あなたはグレンダンの孤児たち、みんなの英雄《えいゆう》でした。みんなが、あなたを眩しい存在《そんざい》だと思っていました。これは嘘じゃない。わたしだって、式典とかで陛下《へいか》の隣《となり》に立っているあなたを見たりすると遠い存在のように感じたりしました。それはとても寂《さび》しい気持ちになるのだけど、同じくらいに、わたしたちにもなにかができるのではないかって思いました。同じ境遇《きょうぐう》で育ったあなたがあんなにも輝《かがや》けるのだから、わたしたちにだってなにかができるのではないか、そんな風に考えました。

わたしが、働くのではなくてグレンダンの上級学校に行こうと思ったのも、レイフォンがいたからです。

わたしは経営を学びます。園長さんはあなたの一件《いっけん》があってから、少しだけ考えを改めたようです。自分のせいでレイフォンがあんなになってしまったんだって、後悔《こうかい》しています。もう少しお金のことをちゃんと考えようって言ってくれました。

本当、わたしたちのお父さんはだめな人だよね。でも、今も昔も、お父さんはお父さんなりにわたしたちのことを思ってくれています。なにより、お父さんがいなかったら、わたしたちは出会わなかったんだからね。

そして、あなたがお父さんを変えてくれました。

わたしは、お父さんの手伝いをしようと思います。経営を学んで、お金に困《こま》らない孤児院にしようと考えています。

お父さんとわたしで孤児院を守っていきたいと思います。

その孤児院を、わたしたちがいるグレンダンを、レイフォンが守ってくれる日が再《ふたた》び来ればいいいな。馬鹿《ばか》な考えかな？　昔に戻《もど》るように、でも少しだけ前に進んだ感じで、わたしたちはほんの少しだけ自分のいる位置を変えて、元に戻ることはできないのかな？

いつか、あなたがグレンダンの大地を踏《ふ》める日を、わたしは祈《いの》ります。

親愛なる、レイフォン・ヴォルフシュテイン・アルセイフへ

リーリン・マーフェス

†

重々しく大気をかきむしる音は、まるで世界そのものに歪《ゆが》みを呼《よ》んでいるかのようだっ

た。

赤く煤《すす》けた大地に、ツェルニを支《ささ》える無数の足の一部が突き刺さっている。大気をかきむしる金属《きんぞく》の音は、動くに動けないツェルニの足が出す、金属の関節の軋《きし》みだった。

そして、もう一つの音が……

ギチ………………地の底から、まるで湧き水のように音は間断《かんだん》なく溢《あふ》れてくる。金属の悲鳴がより激《はげ》しく世界を歪《ひず》ませる。それはツェルニの悲鳴だった。

音とともに、なにかが土の下から這《は》い出てくる。ツェルニの割《わ》った裂《さ》け目から次々と、次々と……

赤い光が深い夜の中に小さく灯《とも》る。

一つ、二つ、三つ、四つ……次々と、次々と赤い光が穴の底から湧き出してくる。ギチギチという音とともにそれは数を増《ま》していき、やがてツェルニの下を赤い光で満たした。

ツェルニの下部にある警戒光《けいかいこう》が灯された。武芸科の生徒が配備《はいび》された証拠《しょうこ》だ。強力な光線は深い闇《やみ》を切り裂いて、赤い光点の集団《しゅうだん》を一部照らし出す。

大地そのもののように赤い色、錆《さ》びた血のような色をした甲殻《こうかく》を身にまとっている。丸みを帯びた殻《から》に包まれ、小さな頭部にある二つの複眼《ふくがん》が赤い光を零《こぼ》して、ギチギチと初めて動かした体は殻を擦《こす》り合わせている。

汚染獣《おせんじゅう》の幼生《ようせい》たち。

初めて母の胎内《たいない》以外の世界に出た幼生たちは、ただ生きるがための食欲《しょくよく》に突き動かされて、その視線《しせん》を頭上から降り注ぐ数本の光に向けた。

餌《えさ》がそこにある。

大地が鳴った。地面を揺《ゆ》らしながら地の底から溢れてくる一本の澄《す》んだ音色は、それらの母の声だった。

さあお食べなさい。あなたたちを生かすためのものがそこにある。

喰《く》らい。

屠《ほふ》り。

啜《すす》りなさい。

そして強くなって強くなって強くなって……

幼生たちが、一斉《いっせい》に全身を震《ふる》わせた。体の使い方さえもよく知らない幼生たちは、母の声に従《したが》って体を動かしてみた。慣《な》れない動きは神経《しんけい》を苛立《いらだ》たせる。それでも我慢《がまん》して、その苛立ちを食欲にぶつけるために、母の声に従って体を動かした。

胴体部《どうたいぶ》の甲殻が二つに割れる。

その下にあったのは半透明《はんとうめい》の、筋《すじ》の走った、くしゃくしゃになった紙切れのようなものだった。わずかに濡《ぬ》れたようなそれは、幼生たちの震えに押されるようにして広がり、翅《はね》の形を取る。

そして、新たな音がその場を支配《しはい》した。

ブウウ……………………

小刻《こきざ》みに震える翅の音が周囲の空気に染《し》み渡《わた》り、そして幼生たちが飛ぶ。

その数は百を超《こ》え、千にも届きそうな幼生の大群《たいぐん》が宙《ちゅう》に浮き、そして一斉に餌のあるツェルニの上部目がけて飛んで行った。

外縁部西北区に待機していたニーナはその光景を見た。

全身を浮かせてしまいそうな音の奔流《ほんりゅう》がニーナを叩《たた》き、続いて、視界いっぱいに噴《ふ》き出すようにして現れた幼生の群《む》れを。

それは古い書物の中で写真付きで記述《きじゅつ》された津波《つなみ》を思い出させた。

そのあまりの数の多さに、ニーナは息を呑《の》んだ。ここにいる、ニーナが従えた武芸者の数を遥《はる》かに凌駕《りょうが》している。それらが外縁部《がいえんぶ》に配置された十七の部隊、それぞれの場所に出《しゅつ》現《げん》していることを考えると……

（ツェルニの人口よりも多いのではないか？）

脳裏《のうり》をよぎった絶望《ぜつぼう》感を、ニーナは噛《か》み砕《くだ》いて呑み干《ほ》した。今は、そんな雰囲気《ふんいき》に呑まれていい時ではない。指揮官《しきかん》であるニーナが挫《くじ》けて、部隊の生徒たちが戦えると思っているのか。

赤黒い津波は鼓膜《こまく》を破壊《はかい》しそうなほどの音を放ちながら、波の形を変化させニーナの指揮する部隊になだれ込んでくる。

「射撃《しゃげき》部隊、撃《う》てぇぇぇぇぇ！」

通信機を押さえて叫《さけ》ぶ。後方に控《ひか》えたシャーニッドの従えた射撃隊が、外縁部に設置《せっち》された汚染獣迎撃《げいげき》用の剄羅砲《けいらほう》に剄を送り、巨大《きょだい》な砲弾《ほうだん》を撃ち出す。

増幅《ぞうふく》され、凝縮《ぎょうしゅく》された剄の塊《かたまり》は、向かってくる幼生の群れの先頭に命中し、弾《はじ》ける。

赤い爆発《ばくはつ》が群れのあちこちで起こった。甲殻が弾け飛び、殻に包まれた細い足がばらばらと周囲に落ちる。

勢《いきお》いを殺された幼生たちは、その場に次々と着地した。

着地した幼生たちは震わせていた翅を萎《しお》れるようにくしゃくしゃにすると、胴体の甲殻の中に収《おさ》めた。

「長くは飛べんか。好都合だ。シャーニッド、飛んでる奴《やつ》らを重点的に狙《ねら》え、都市部に行かせるわけにはいかん」

「了解《りょうかい》だ。明日はデートの約束があるんでね。こんなところで死ぬわけにはいかんのよ」

普段《ふだん》は苛立《いらだ》つシャーニッドの軽薄《けいはく》さに、ニーナは微笑《ほほえ》んだ。少しだけ気が楽になる。剣帯から二つの錬金鋼《ダイト》を取り出し、復元《ふくげん》する。安全装置《そうち》の外された二振りの鉄鞭《てつべん》は、普段よりもすがすがしいまでに剄を通した。

第十七小隊の生徒は、ニーナとシャーニッドしかいなかった。レイフォンは役に立たない。フェリは召集《しょうしゅう》にも応《おう》じなかった。シェルターにその姿《すがた》は確認《かくにん》されていないと聞いた。

ではどこにいるのか……？

それを今考えている余裕《よゆう》はなさそうだ。

目の前には降《お》りてきた無数の幼生たちがいる。

胴体に比《くら》べて余《あま》りにも小さな頭部。複眼を赤く光らせたその下で、小さな口が開かれる。

顎《あご》が伸《の》びて、四つに分かれた牙《きば》のようなものが蠢《うごめ》いている。

「あんなものに食われてなるか。突撃！」

ニーナは叫び、幼生たちの群れに飛び込んだ。

†

ハーレイは目を丸くした。

「君、どうしてここにいるんだい？」

前線である都市外縁部から少しだけ離《はな》れた場所に、仮設《かせつ》テントは設《もう》けられている。パイプによって支《ささ》えられた強化布が頭上だけを覆《おお》うテントの中で待機しているのは、医療科《いりょう》と錬金科《れんきん》の生徒たちだ。

汚染獣の幼生たちが放つ奇怪《きかい》な音はここにまで届いている。

青い顔で医療品のチェックをしている医療科の生徒たちの傍《かたわ》らで、錬金科の生徒たちも似《に》たような顔色で予備《よび》の錬金鋼《ダイト》の用意をしていた。

ハーレイもさきほどまで行っていた錬金鋼の安全装置解除の作業で熱を持った機材を休ませ、他の機材のチェックをしていた。

その彼の前に、少しだけ息を荒《あら》らげたレイフォンがいる。

「良かった。ここにいた……」

すぐに息を整えたレイフォンは剣帯から錬金鋼を取り出した。

「え？　もしかして安全装置の解除《かいじょ》まだなの？」

「それもですけど、もう一つお願いが……」

慌てて機材にスイッチを入れたハーレイに、レイフォンは言葉を続ける。

「もう一つ？」

「設定を二つ作れますか？」

「二つ？」

ハーレイは再《ふたた》び目を丸くして、レイフォンを振《ふ》り返った。

「二つです」

至極《しごく》まじめな顔をして頷《うなず》くレイフォンの意図がわからずに、ハーレイは差し出された錬金鋼と機材を見比《みくら》べてしまった。安全解除を行うための機材は、普段錬金鋼の設定を行っているものと同じものだ。だから、設定の変更《へんこう》などはここでも行うことができる。そうでなければ錬金鋼が破損《はそん》した場合、その生徒は武器《ぶき》がなくなってしまうからだ。だから予備の錬金鋼はたくさん用意されているし、今も運び込《こ》まれている。

「無理ですか？」

レイフォンに言われて、ほんの少しの間停止していた思考が戻《もど》ってきた。

「いや、無理じゃないよ。設定するだけなら簡単《かんたん》だよ。でも……使いこなせるの？」

至極当たり前の質問《しつもん》だった。一つの錬金鋼に二つの設定をするなんて聞いたことがない。技術的《ぎじゅつ》に無理なのではない、恐《おそ》ろしく使い勝手が悪くなるからだ。

錬金鋼を復元《ふくげん》する場合、使用者の起動鍵語《けんご》の他に剄《けい》を走らせなければならない。錬金鋼は使用者の声とその剄によって設定された状態《じょうたい》に復元する。さらに、錬金鋼はその性質として、個々人《ここじん》の剄に馴染《なじ》むようにできている。ずっと使っていれば設定を完全消去でもしない限《かぎ》り、その錬金鋼は持ち主一人にしか扱《あつか》えなくなるのだ。

この、剄に馴染むという性質が問題なのだ。二つの設定を作るということは、二つの起動鍵語を作るということだ。

しかし、剄まで二つ作ることはできない。剄の質は個々人によって違う。違うが、だからといって二つの剄の性質を使い分けることができる者など滅多《めった》にいないだろう。いたとしてもそれはあまり意味がない。

「使い分けられるのかい？」

「いえ、でもその問題は解決《かいけつ》できます。起動設定に剄の発生量を設定してくれれば」

「それこそむちゃくちゃ大変だよ」

「大変でもなんでも、できるんで。やってください」

「でも、今から微調整《びちょうせい》してる暇《ひま》なんてないよ。それに、そんなことするなら錬金鋼二つ持った方がいいんじゃあ……」

それが至極妥当《だとう》な考え方だ。

それでも、レイフォンは首を振る。

「少しでも昔の感覚に近づけたいんです。お願いします」

頭を下げるレイフォンに、ハーレイはため息を吐《つ》いた。ハーレイは受け取った錬金鋼に端子《たんし》を突き刺し、モニターに数値《すうち》を出す。

「で、どんな設定にするの？」

「設定数値は覚えていますんで、そのままに」

レイフォンの口からパラメーター数値が告げられ、ハーレイはそのままに打ち込みを始める。

指が途中で止まる。

「へ？」

あまりに細かい数値に、ハーレイは三度《みたび》、目を丸くした。

「こんなの、使いこなせるの？」

「できます」

迷《まよ》いのないレイフォンの言葉にハーレイはなにも言えず、眩暈《めまい》がしそうな細かい数値を慎重《しんちょう》に打ち込んでいく。

「あと、ロス先輩《せんぱい》知りませんか？」

「え？　会長？」

「いえ、うちの先輩」

「ああ、って……ニーナと一緒《いっしょ》の場所にいるんじゃあ……」

「いえ、たぶんだけど、先輩はそこにいません」

自分の才能《さいのう》を使われることを嫌《きら》っていたフェリがこの場所にいるか？　たぶんいないとレイフォンは考えていた。

（どこにいるんだ？　あの人の協力がないとうまくいかない）

存外《ぞんがい》、この近くで様子を見ているかもしれない。そう考えてあちこちを見回しているのだが、フェリの姿はいっこうに見つからない。

そうしている内に、ハーレイの作業が終わった。

「……僕《ぼく》たち、生き残れるよね？」

錬金鋼を手渡《てわた》された時に、ハーレイがそんな言葉を漏《も》らした。

ハーレイは、地面に視線を落としながらポツポツと呟《つぶや》く。その手は落ち着かなげに機材を撫《な》でていた。

「僕たちは、自分たちがどれくらい困難《こんなん》な世界で生きてるのか、簡単に忘《わす》れてしまうよ。放浪《ほうろう》バスに乗っている間は、すごく怯《おび》えていたというのにね。あれは、怖《こわ》かった。僕たちは今とても無防備《むぼうび》な状態なんだって、とても不安になったよ。学校に無事に辿《たど》り着いた時には、本当に安心したんだ。

都市が汚染獣《おせんじゆう》に食われる光景を見たんだ。誰《だれ》かがベリツェンだって言った。そんな都市は知らなかったけど、あれが、もしかしたら明日にでも僕たちの上に落ちてくる運命なんじゃないかって思うと、とても怖かった。

ニーナがとても悔《くや》しそうにしていたよ。きっと、ニーナもあの時に自分たちがとても儚《はかな》い存在《そんざい》だって気付いたんだと思う。

でも、僕は都市に着いてしばらくしたらもう忘れてた。忘れてたというよりもそんな危《き》険《けん》なことはもう起こらないって思ってしまうんだろうね。それだけ、自律型移動都市《レギオス》が偉《い》大《だい》だということなんだけど……それだって完全じゃない。完全じゃないことを、目の当《ま》たりにしたはずなのにね」

こうして、汚染獣に襲《おそ》われる。

「僕たちは生き残れるよね？　ニーナもみんなも、僕も、君も……」

「大丈夫《だいじょうぶ》です」

レイフォンはすぐに頷《うなず》いた。ハーレイが顔を上げる。彼の表情《ひょうじょう》に疑《うたが》いを持たせないよう、レイフォンはもう一度頷いた。

「必ず、守りきってみせます」

それだけを言うと、レイフォンは再《ふたた》び走り出した。ハーレイが背後から「どこへ」と叫ぶ。レイフォンは「高いところへ！」と答えた。

ツェルニで最も高い場所……生徒会校舎《こうしゃ》のすぐ横にある指令塔《しれいとう》。

レイフォンはそこに向かっていた。

外縁部のここからでは都市の中心地にある生徒会校舎まではかなりの距離《きょり》がある。普段ならば路面電車に乗るところだが、路面電車は線路の関係でまっすぐには辿り着けない。内力系《けい》活剄を全開に、レイフォンは建物の屋根の上を飛びながら目的地までを直線に進んだ。

生徒会校舎前で地面に下りる。

そのまま指令塔に向かおうとしたレイフォンは、入り口に立つ少女に気付いた。

「先輩……」

フェリだ。

行く当てもなさそうにポツンとそこに立つ少女は、レイフォンの姿を見てもとくに驚《おどろ》いた様子を見せなかった。わずかに唇《くちびる》を震《ふる》わせたのみのフェリの前に、レイフォンは立った。

「先輩、どうしてここに？」

「別に……」

視線を下に向けたフェリに、なにかあったのだろうとは想像《そうぞう》できる。近くで見れば、興《こう》奮《ふん》の跡《あと》なのか、かすかに頰《ほお》が紅潮《こうちょう》しているのがわかった。

「もしかして、生徒会長となにか？」

「関係ないですから」

フェリは会話を振り切るようにレイフォンの前から立ち去ろうとする。レイフォンは慌《あわ》てて少女の腕《うで》を摑《つか》んだ。

「……なんですか？」

瞳《ひとみ》を細め、怒《いか》りを含《ふく》めた視線《しせん》をぶつけてくる。それにひるんでいる暇《ひま》もなく、レイフォンは口を開いた。

「先輩にたすけて欲《ほ》しいんです」

その一言がフェリの全身を震わせた。

「わたしになにをさせようって言うんですか？」

腕を振り払い、フェリはより鋭《するど》くレイフォンを睨《にら》んでくる。

「そんなに、わたしに念威《ねんい》を使わせたいんですか？　好きで手に入れたわけでもないものを使わないといけないんですか？　わたしは、こんなものはいらないんです。誰かが欲《ほ》しいのならあげたいくらいです。そんなものをわたしに使わせたいんですか？」

語気を荒《あら》らげることはないが、その言葉は淡々《たんたん》とレイフォンを責《せ》めたてた。

「あなただって、そうだと思ってた。欲しいなんて思ってない才能《さいのう》、使いたくないんだと思ってた。でも違《ちが》うんですね。あなたは……」

「僕だって、別に欲しいと思ったわけじゃありませんよ」

言葉の途切《とぎ》れた隙《すき》を縫《ぬ》うように、レイフォンは語りかける。

「あったから利用はしました。好きだなんて思ったことはないですよ、たぶん」

しかし、リーリンはそう見ていなかったようだ。レイフォンは建前《たてまえ》としては必要だから利用していると思っていたが、自分も知らない本音の部分で本当は好きだったのかもしれない。それを確認《かくにん》することはできない。過去《かこ》のことだし、今も好きだとは思えない。これのおかげで痛《いた》い過去を持ってしまったことは事実なのだから。

たとえ、自分が使い方を間違《まちが》っていたのだとしても。

「でも、そういうのとは別の部分で、僕たちは今必要とされてるんです。これはどうしようもないことです」

　不満をはっきりと表したフェリにレイフォンは慎重《しんちょう》に語りかける。

「犠牲《ぎせい》を出したくないんです。確実に、一匹《ぴき》も残すことなく殲滅《せんめつ》したいんです。そのためには、先輩の探査《たんさ》の能力《のうりょく》が必要なんです。どうしても、必要なんです。お願いします」

　頭を下げる。視界にあるのはフェリの足だけで、彼女の反応《はんのう》はまるでわからない。少女の靴《くつ》はその場で身じろぎもせず、レイフォンにつま先を向けたまま動かない。

「……わたしだって、わがまま言えない状況《じょうきょう》なことくらいはわかっています」

　フェリがぽつりと言葉を漏《も》らした。

「それでも、利用されるのは嫌《いや》なんです。どうしても嫌なんです」

「でも、使わないと誰かが死にます」

　頭を下げたままにレイフォンは続ける。

「僕だって、ここで武芸《ぶげい》以外の将来《しょうらい》を見つけたいんです。でも、そのためにはどうしてもこの都市には生きてててもらわないといけないんです。僕の人生は一度失敗してます。でも二度めまで失敗するつもりはありません」

　それと同じように……

「同じように、ここにいる誰かの将来を、こんなことで失わせたくないんです」

この都市にはメイシェンやナルキ、ミィフィたちがいる。眩《まぶ》しいと感じた彼女たちがいる。

その彼女たちの将来をこんなことで砕《くだ》いてしまいたくない。

グレンダンでは、ただ生きることだけを考えて戦った。

でも、それだけでは足りない。自律型移動都市《レギオス》という名の世界は、人間に夢見《ゆめみ》て生きることを許《ゆる》してくれている。あの小さな女の子の形をした電子精霊《せいれい》がレイフォンたちを守ってくれている。夢見ることを許してくれている。

なら、今度はもう少しまともなもののために戦おうと思う。

生きて、そして生きることに満足できるように戦おうと思う。

そのためには、レイフォンがなろうと思うものを抱《かか》えて輝《かがや》いているメイシェンたちに残《ざん》酷《こく》な結末を与《あた》えたくはない。汚染獣《おせんじゅう》に食われてしまうなんていう未来は与えたくない。

「……あなたはどうしようもないお人好《ひとよ》しです」

頭を下げたままのレイフォンに、フェリはそう言った。

嘆息《たんそく》の音が聞こえた。そして、その次に聞こえた音にレイフォンは顔を上げた。

フェリの手に、杖状《つえじょう》に復元された錬金鋼《ダイト》が握《にぎ》られている。

「わたしはなにをすればいいんですか？」

淡々《たんたん》と問いかけてくるフェリに、レイフォンはもう一度頭を下げた。

フェリは頬《ほお》を赤らめてそっぽを向いた。

†

額《ひたい》から落ちてくる汗《あせ》が、眉《まゆ》を濡《ぬ》らす。

そのまま目に落ちてきそうで、ニーナは汗を拭《ぬぐ》った。武芸科に支給《しきゅう》された戦闘衣《せんとうい》の袖《そで》はすでに汗で重く、拭えた気がしない。そのまま、ニーナは内力系活剄を全身に走らせた。

無音の衝撃が汗の粒《つぶ》を飛ばす。苛立たしく、体に満ちたエネルギーを放出するかのように足が足りなくて動けなくなった幼生《ようせい》に二本の鉄鞭《てつべん》を叩《たた》きつけた。

「ちっ」

ニーナはその結果に舌打《したう》ちを零《こぼ》した。

内力系活剄によって肉体強化し、さらに外力系衝剄による衝撃波を乗せた鉄鞭の一撃。

黒鋼錬金鋼《クロムダイト》の鉄鞭は幼生の殻《から》をわずかに歪《ゆが》ませただけで終わってしまった。

「くそっ、なんて硬《かた》さだ」

苛立たしげに鉄鞭を戻《もど》すが、二撃目を加えようとはしない。すぐにその場から飛びのく。

ニーナが今までいた空間に突如《とつじょ》として巨大《きょだい》な影《かげ》が降《お》り立った。新たな幼生だ。

幼生の群《む》れは、まったく数を減《へ》らす様子がない。

シャーニッドら射撃《しゃげき》部隊によって地上に引きずり落とされた幼生たちは、もう一度飛ぶようなことはせず、その巨体を支《ささ》えるにはあまりにも細い節足を使い、体を引きずるようにしてニーナたちに襲《おそ》いかかってきた。ニーナたちがそれを迎《むか》え撃《う》って、すでにかなりの時間が経《た》っている。

経っているような気がする。

実際《じっさい》にどれくらいの時間が過《す》ぎているのか、ニーナは判断《はんだん》できなかった。普段なら時計を見ずとも体内時計でほぼ完璧《かんぺき》に時間を計ることができるのだが、今はだめだ。

「くそっ」

自分でも初めての実戦に緊張しているのがわかる。人と戦うのならもう少し早くに慣《な》れることもできただろう。

だが、相手は人の形をしていない。人を想定《そうてい》した戦いなら、今まで数えられないほどに訓練しているが、人間外を想定して訓練をしたことはない。それが戸惑《とまど》いと無用なほどの緊張《きんちょう》をニーナに強《し》いていた。

近づいてきた一匹の突進《とっしん》を避《よ》けざま、頭部に衝剄を放つ。衝剄は体軀《たいく》に比してあまりに小さなその頭部の片方《かたほう》の複眼《ふくがん》を潰《つぶ》し、関節部にさらけ出された朱色《しゅいろ》の筋繊維《きんせんい》を半ば引きちぎった。ぶらぶらと頭部を左右に揺《ゆ》らしながら突進を続けた幼生は、進入防止柵《ぼうしさく》に受け止められる。柵に流された高圧《こうあつ》電流が幼生の周囲を青く輝かせ、殻の隙間から煙《けむり》を出して動きを止める。

額にまた大粒の汗が浮いていることに気付いて、ニーナは何度目かもわからない舌打ちを零《こぼ》した。

幸いなことは、幼生たちの動きが鈍重《どんじゅう》で単調なことだ。基本《きほん》的に直進しかしてこないし、相手を押さえつけてからしか、あの凶悪《きょうあく》そうな顎《あご》を使うことができないらしい。注意しなければならないのは胴体部《どうたいぶ》から伸《の》びた角だ。個体によって形は違《ちが》うが、幼生たちはあの角でこちらを突《つ》き刺《さ》そうとしている。それがわかるから、他の武芸《ぶげい》科の生徒たちもなんとか対処《たいしょ》できている。

今のところは目立つほどの被害《ひがい》はない。

だが、問題なのはやはりこの数だ。

「……きりがないな。まったく」

目の前にいる幼生たちの数が減《へ》った様子はまるで見られない。次から次に飛んでくる幼生たちをシャーニッドの砲撃《ほうげき》部隊が叩《たた》き落とし、地上に降《お》りてきたものをニーナたち陸戦部隊が叩くという連携攻撃《れんけいこうげき》を繰《く》り返しているのだが、撃破数《げきはすう》と増加《ぞうか》数の比較《ひかく》では後者が圧倒《あっとう》的に上だ。

「はぁっ！」

すぐ側でした気合の声に、ニーナはそちらに注意を向けた。

目を向ければ、そちらでは三人の武芸科の生徒が一体の幼生《ようせい》を相手に立ち回っていた。

「ほう……」

その動きに、ニーナは自分たちの苦境《くきょう》を一時《いっとき》忘《わす》れて見入った。

三人の中心にいるのは、女生徒だ。剣帯《けんたい》の色からして一年に違いない。長身の、凛《りん》とした雰囲気《ふんいき》のある女生徒だ。手にした打棒《だぼう》には都市警《としけい》のマークがある。帯剣許可《きょか》がまだ下りていない一年がここにいる理由はそれしかない。

その女生徒は、すばやく幼生の側面に接近《せっきん》すると足の関節に一撃を与《あた》えた。どうやら外力系衝剄はまだ修《おさ》めていないらしい。

が、女生徒の動きを支《ささ》える内力系活剄には目を瞠《みは》るものがある。

痛《いた》みに奇怪《きかい》な吠《ほ》え声を上げる幼生が、回転するように向きを変えて女生徒に迫《せま》ろうとする。

と、その女生徒はすぐに後退《こうたい》して距離《きょり》をあけた。

そこに間隙《かんげき》を突いて左右を固めていた他の二人が攻撃《こうげき》にかかる。こちらは上級生だ。よく練《ね》れた衝剄を叩き込んで幼生の甲殻《こうかく》にひびを入れる。

幼生が怒《いか》りに任《まか》せてそちらに行こうとすれば、またも女生徒が接近して幼生の気をそらす。

それを繰り返すことで確実《かくじつ》に一体一体潰《つぶ》していっているのだろう。見れば、三人の周辺には決して少なくない数の幼生の死骸《しがい》が転がっていた。

三対一で確実に潰していく戦法は見事だ。

だが、ニーナが気を引かれたのは囮役《おとりやく》をする女生徒だった。

幼生の動きを止めるタイミングが絶妙《ぜつみょう》だ。

「見たことあるな」

つい最近、ニーナはあの女生徒を見たような気がする。

しかし、その記憶《きおく》を掘《ほ》り出すほどの暇《ひま》は、さすがに今はなかった。

ニーナに接近してくる一体があったからだ。

その女生徒の名がナルキ・ゲルニだと、ニーナはこの騒動《そうどう》の後で知ることになる。

外縁部《がいえんぶ》ぎりぎりのところでは打ち落とされた幼生たちが山を作って蠢《うごめ》いている。あれのおかげですぐに体勢《たいせい》を整えられていないところが、ニーナたちが互角《ごかく》を保《たも》っていられる要《よう》因《いん》でもあった。

その山を砲撃部隊が崩《くず》し、幼生たちを地面に叩き落とす。山の崩壊、幼生の雪崩《なだれ》がこちら側に来るよりは遥《はる》かにましだ。

突進《とっしん》してきた一体の角を掻《か》い潜《くぐ》り、ニーナは鉄鞭《てつべん》で頭部を潰す。突進をやめない幼生に轢《ひ》かれないように転がって退避《たいひ》、退避した先に別の一匹《ぴき》がいた。緊張《きんちょう》感が頭蓋《ずがい》の中を膨《ふく》ませるような感覚に、ニーナは考えることもなく反射《はんしゃ》だけで対応《たいおう》した。衝剄を放ち、その反動でさらに距離《きょり》を稼《かせ》ぐ。

立ち上がって鉄鞭を構《かま》え直し、改めてその一匹に衝剄を叩きつける。甲殻によろわれた中では頭部がもっとも潰しやすい。狙《ねら》いがそれて前足を片方砕いた。突進は大きく左にそれていく。

瞬間《しゅんかん》の危機《きき》。

それをしのいだがために、次の瞬間、わずかに気が緩《ゆる》んだ。

「隊長！」

通信機越しの怒鳴《どな》り声は誰《だれ》だった？　シャーニッドか？

それを確かめる暇もなく、ニーナは本能《ほんのう》に従《したが》って横に飛んだ。背後《はいご》から圧迫《あっぱく》感が近づいてくる。圧迫感はニーナの肩《かた》を裂《さ》き、衝撃で浮《う》いた体が回転する。視界《しかい》を急速に回転させながら、ニーナは地面に落下した。傷《きず》ついた肩から落ちて、傷口が地面に擦《こす》り付けられる。目の前に火花が散るような激痛《げきつう》の中、ニーナはすぐさま起き上がった。

傷つけたのは左肩だ。肩の付け根部分の肉がごっそりと持っていかれている。腕《うで》に力が入らなくて、痺《しび》れた手が鉄鞭を落としてしまった。走り抜けた幼生が、仲間と衝突《しょうとつ》した。肩が、痛みと同時に血をあふれ出している。破《やぶ》れた袖《そで》があっという間に赤く染《そ》まり、腕を染める赤い温《ぬく》みの感覚が少しずつ麻痺《まひ》していく。

まずい。

血が抜《ぬ》ける感覚は、活剄の充足《じゅうそく》も削《そ》ぎ落としていく。全身が重くなる。思い出したかのような疲労《ひろう》が、一気に襲《おそ》いかかって来た。

まずい。まずいまずいまずい……

焦燥《しょうそう》が、ニーナの足を止めた。右手に摑《つか》んだ鉄鞭までも重くなる。左手の指が痙攣《けいれん》するのがわずらわしい。

意識《いしき》にもやがかかった。まずい、動かないといけない……そう考えているのに膝《ひざ》はかすかに震《ふる》えるだけでニーナの意志に従《したが》おうとはしない。活剄によってごまかしていた疲労《ひろう》がここにきてニーナの動きを完全に止めてしまっていた。

ぼんやりとした意識で、一点に止《とど》まってしまった視界を見続ける。ただ見ているだけで、そこからなにかを得ようとはしない。ただそこにあるだけの映像《えいぞう》の中で、ニーナは幼生たちがニーナに目標を定めたのを見た。節足を器用に動かして巨体《きょたい》を回転させ、黒光りする角の先がニーナに収束《しゅうそく》する。

巨体を動かす大気の震動《しんどう》が、まずニーナを打った。

(死ぬな……)

大気の波に体を揺《ゆ》るがせながら、ニーナは自らに襲いかかろうとする運命を淡々《たんたん》と受け止めた。剄羅砲《けいらほう》のものではない、通常《つうじょう》の射撃系錬金鋼《しゃげきけいダイト》から放たれる剄弾《けいだん》が迫《せま》り来る幼生《ようせい》たちに向かって乱射《らんしゃ》されている。撃っているのは誰だ？　シャーニッドか？　しかし剄の弾《だん》幕《まく》は数匹の幼生の頭を打ち砕《くだ》くのには成功したようだが、全《すべ》てを倒《たお》すのは無理だった。

ニーナは右手に摑んでいた鉄鞭も落とし、ぼんやりと迫り来る幼生たちを見つめる。死ぬ。自分が死ぬ。その事実が目の前にありながら、どうすることもできない自分を見つめていた。

「ああ……」

息を吐《は》く。

「くやしいな」

そう呟《つぶや》いた。

こんなところで、なにもできないままに死のうとしている自分が悔《くや》しい。そう思うのに体が動かない。動こうとしてくれない。血と一緒《いっしょ》に流れてしまった活剄が戻《もど》ってくれる様子がない。剄の練り方が思い出せない。急激な出血が思考能力すらも奪《うば》っていた。

だからなのか、次の瞬間《しゅんかん》に起こった映像を、ニーナはそれほど驚《おどろ》かずに見ていることができた。

全ての動きが、停止した。

絶対零度《ぜったいれいど》の凍気《とうき》が舞《ま》い降《お》りて、空気の動きを止めたようにニーナには見えた。冷気は幼生たちの体内にある水分子すらも凝結《ぎょうけつ》させ、その動きを停止させたかのように見えた。

世界そのものが呼吸《こきゅう》を止めて、次に起こることを見ているかのように感じた。

最初は、ほんのわずかなズレ。

目の前まで迫った幼生が、斜《なな》めにズレた。

丸みを帯びた巨体が上と下で斜めにズレていき、上半分が地面に落ちる。甲殻《こうかく》の下に隠《かく》されていた柔《やわ》らかな腹部《ふくぶ》の内から単純《たんじゅん》なつくりの臓物《ぞうもつ》が零《こぼ》れ、あるかなしかの体液《たいえき》が一度だけ高く噴《ふ》き上がり、むっとした濃い緑の臭《にお》いが辺りに振りまかれる。

そして、その後ろにいた幼生たちも、次々とズレていく。
次々と、
次々と次々と次々と次々と次々と次々と次々と次々と次々と
次々と次々と次々と次々と次々と次々と次々と次々と次々と
次々と次々と次々と次々と次々と次々と次々と次々と次々と
次々と次々と次々と次々と次々と次々と次々とズレにズレて二つに分かれ四つに裂《さ》かれ千々《ちぢ》に乱《みだ》れて地面の上に転がっていく。
ただ一瞬にして、幼生たちの群《む》れの一角が空白地帯と化してしまった。
その光景を、ニーナは最前列に見てしまうことになった。
「なにが……」
起こった？
ぼんやりとした思考で、ニーナは貧血《ひんけつ》で座《すわ》り込《こ》みそうになるのだけは必死にこらえてそのことを考えた。ニーナの衝剄《しょうけい》を受けてもわずかにしかへこまないほどの硬《かた》さを備《そな》えた幼生の殻を、こうも簡単《かんたん》に切り裂いてみせたものは一体なんだ？
それらしきものは、なにも見えない。
ただ……変化があるとすれば。

周囲一帯に、なんとも言い難《がた》い気配が満ちていた。力強い、鼓動《こどう》のような気配だ。血の流れのように脈打ち、周囲を漂《ただよ》っている。

その気配が、幼生たちをなぎ払ったというのだろうか？

それは現実的《げんじつ》な答えではなかった。だが、思考のぼやけた頭の中ではそれが事実のように感じてしまう。

そんなニーナを誰かが横から引っさらっていった。おそらくは我《われ》に返ったニーナの部隊の一人だろう。ニーナは後方まで下げられ、すぐ側《そば》に待機していた担架《たんか》に乗せられそうになる。

「退《ひ》けるか、馬鹿者《ばかもの》」

弱々しく医療《いりょう》科の生徒を振り払っていると、今度は空から声が降《ふ》ってくる。

生徒会長の声だ。

「これより、汚染獣《おせんじゅうく》駆逐《ちく》の最終作戦に入ります。全武芸《ぶげい》科の生徒諸君《しょくん》。私の合図とともに防衛柵《ぼうえいさく》の後方に退避《たいひ》」

声を発生させているものを探《さが》して、ニーナは宙《ちゅう》に浮《う》かぶ小さなかけらのようなものを見た。

「探査子《たんさし》……か」

念威繰者《ねんいそうしゃ》の使う探査子だ。あれによって周囲の情報《じょうほう》を解析《かいせき》し、またはニーナたちが通信機として使ったように声を遠くに運ぶことができる。

あの探査子を操《あやつ》っているのは誰だ？

生徒会長……単純な連鎖《れんさ》だが、その妹の姿《すがた》が頭に浮かぶ。いないと思ったら、生徒会長とともにいたのか？

「無事ですね？」

不意に、耳のすぐ側で声がした。耳にはめた通信機からのものではない。見れば、すぐ側に探査子が浮いていた。

「レイフォンか？」

「はい。すぐにその場から退いてください」

「待て、ではさきほどのはもしかしておまえが？　一体なにを？」

「説明している時間はありません。生徒会長のカウントはすぐに始まります」

念を押すように、探査子の向こうでレイフォンが繰《く》り返す。

「いいですか、絶対に防衛柵の向こう側に退避させてください。微調整《びちょうせい》ができてないのでコントロールが甘《あま》いんです。間違《まちが》ってうちの生徒ごと切り殺すかもしれないので」

「待て」

呼び止めたが、レイフォンからの返事はなかった。探査子はそのまま宙《ちゅう》に高く上がり、外縁部からさらに向こう、都市の外に向かってまっすぐに飛んでいく。

「カウントを始めます」

頭上から生徒会長の声が被《かぶ》さってくる。

ニーナはしつこく担架に乗せようとする医療科の生徒を押しのけて立ち上がった。貧血と激痛《げきつう》でぼやけた思考が少しだけましになっていた。この場の責任者《せきにんしゃ》であるニーナが簡単に後ろに退《さ》がるわけにはいかない。

カウントにあわせて全員が無事に退却《たいきゃく》するのを見届《みとど》けなければいけない。

そして、レイフォンがなにをするのかも、見届けなければいけない。

なぜなら、彼はニーナの部下だからだ。部下がやることを隊長が見逃《みのが》すわけにはいかない。

ふらつく体を叱咤《しった》して、ニーナはその場でしっかりと目の前の幼生《ようせい》たちに目を凝《こ》らした。

†

指令塔《しれいとう》に入る気にはなれず、フェリは近くにあった上級生の校舎《こうしゃ》の屋上に一人でいた。空を見上げる。顔を上げないまま、目を閉《と》じたままに、空に放った探査子からの情報を元に脳裏《のうり》に空の光景を浮かべる。

今は北から流れてきた厚《あつ》い雲に覆《おお》われて、月からの光は大地には届《とど》かない。

その大地には、ツェルニの踏《ふ》む赤く穢《けが》れた大地には無数の幼生たちがいて、ツェルニに群《むら》がっている。

その数は九八二。

「少ない方だよ。グレンダンにいた時には万を数える幼生に囲まれたことがある」

通信機越しのレイフォンの声は落ち着いていた。幼生たちのおぞましさに息を詰《つ》まらせていたフェリは、ほんの少しだけ唇《くちびる》を開けて息を吐《は》き出した。

目を開けて、生の視界で頭上を見上げる。

左手側に指令塔があった。

先端《せんたん》を尖《とが》らせた塔の頂上《ちょうじょう》には学園都市であることを示《しめ》すペンと、ツェルニを示す少女の像形が縫《ぬ》われた旗が翻《ひるがえ》っている。

その旗を支《ささ》える柱の横に、一人の姿がある。

レイフォンだ。

光の少ない今では、その姿は人影程度《ひとかげていど》にしか判別《はんべつ》できない。探査子の全《すべ》てはツェルニの外縁部とそのさらに向こう、都市の外に放っている。ただ一つ、レイフォンとの通信状態を保《たも》つために残した一つがレイフォンのすぐ側を浮遊《ふゆう》している。

生の視覚で見えないから、探査子《たんさし》の感覚を使ってレイフォンの姿を確認《かくにん》する。脳裏《のうり》に重なり合うようにして浮かんだいくつもの視界の中から、フェリは意識的《いしき》にレイフォンの姿を映《うつ》した視界を選び出した。

薄《うす》い光。ツェルニのあちこちに灯《とも》った人工の明かりの反射《はんしゃ》が、ほんの少しだけレイフォンの姿を浮き上がらせている。

その顔は、いつもとほんの少しだけ違うような気がした。

フェリの知っているレイフォンは、いつもなにかに戸惑《とまど》っているような顔をしている。落ち着きなく視線《しせん》を動かし、自分の今いる場所に対する違和《いわ》感を隠《かく》すこともなく垂《た》れ流しているのが、フェリの知っているレイフォンの姿だ。

それは、フェリが無表情の中に押し込んだものと同じだ。ここではないどこかを探《さが》している、なにも定まっていない人間の姿だ。

今のレイフォンは、塔の頂上に立ってまっすぐに外縁部の向こう、汚染された大地に目を向けている。普通の人間の視力では闇《やみ》に沈《しず》んでなにも見えないだろうが、今のレイフォンはどうなのだろう？

まるで、なにかの確信があるかのようにまっすぐに見つめている。

（いいな）

「先輩《せんぱい》、見つかりましたか？」

「……まだです」

口にしかけた言葉はレイフォンの問いに答えることで呑《の》み込んだ。頬《ほお》が熱くなる。レイフォンの顔なんか見て、自分はなにを考えていたのか？　羞恥心《しゅうちしん》をかなぐり捨《す》てるようにレイフォンの視界を破棄《はき》。即座《そくざ》に他の視覚たちを同時に認識《にんしき》する。

動き回る探査子たちのもたらす視界は、単純《たんじゅん》に光の反射による視覚から、赤外線、さらに超《ちょう》音波と、様々な形質《けいしつ》で外の情報《じょうほう》をフェリに届《とど》ける。フェリは本来の人間では持ちえない感覚を利用してレイフォンに指示《しじ》された標的を探《さが》し回る。

ただ、強大な念威《ねんい》を持つだけで、天才とはいえない。

そこからもたらされる膨大《ぼうだい》な情報、人間が持ちえない感覚器官を多数同時に操《あやつ》り処理《しょり》してみせることこそが、フェリが天才といわれている所以《ゆえん》だ。

「急いでください。幼生《ようせい》なんかいくらでも潰《つぶ》せますが、母体が救援を呼《よ》んだら僕《ぼく》だけでは難《むずか》しい」

「わかってます」

生徒会長のカウントの声がここにも届いた。十から始まり、零《ゼロ》へといたる過程《かてい》で、フェりの情報処理はさらに速くなる。超音波による反射知覚は大地を抜けることはない。だからツェルニの割った大地の奥《おく》深く潜入《せんにゅう》させて、その奥へとさらに潜《もぐ》り込《こ》ませる。

同時に大地の表面をなめるように赤外線探査を続ける。無数の幼生の反応《はんのう》は邪魔《じゃま》で仕方がないが、類似《るいじ》した熱規模《きぼ》のものを記憶《きおく》して排除《はいじょ》知覚として設定《せってい》。レイフォンから聞いた外見情報を元に、より大きな熱源《ねつげん》反応を探す。

やがて……生徒会長のカウントが弐《に》にいたった時。

「見つけました。一三〇五の方向。距離《きょり》三十キルメル。地下十二メル。進入路を捜査《そうさ》します」

「頼《たの》みます」

零。

その合図と同時なにが起こるか……フェリは脳裏《のうり》の端《はし》っこに再《ふたた》びレイフォンの姿《すがた》を出す。

だが、レイフォンは微動《びどう》だにしていなかった。ただ錬金鋼《ダイト》を握《にぎ》り締《し》め、まっすぐに見つめているに過《す》ぎない。

だというのに……

外縁部《がいえんぶ》の情報を集積していた探査子が、次々とその結果をフェリに届けてくる。

九八二。九六五。九〇三。八七七。八三三。七七八。六九一………幼生たちの生体反応として使用していた赤い光点が次々と消失していく。その速度は驚異的《きょうい》だ。

四七七。三六五。二二三。一九八。一五七。一〇二。九九……ツェルニの武芸《ぶげい》科の生徒が総出《そうで》で数を減《へ》らすことに奔走《ほんそう》していた幼生たちが、ほんのわずかな時間で数を減らしていく。視覚映像で確認する気にはなれない。ニーナをたすける時に見た映像は、フェリにとっても衝撃《しょうげき》的だった。

もう一度、レイフォンの姿を見る。

その手に握られた錬金鋼《ダイト》は、復元《ふくげん》されている。

ただ、柄《つか》があるだけの奇妙《きみょう》な武器《ぶき》としてレイフォンに握られていた。

後日、レイフォンはフェリにこう語る。

「要は操作《そうさ》してるんです。慣《な》れれば先輩《せんぱい》の方が僕よりもうまくこういうことができるようになりますよ」

だが、あれほどの威力を生み出すことができるようになるか、それは疑問《ぎもん》だ。

レイフォンの握る錬金鋼。ハーレイが設定《せってい》したもう一つの復元状態。

それはただ柄だけがある状態なのではない。本来、剣身《けんしん》となる部分が遥《はる》かに細く長く無数に枝分《えだわ》かれしてしまったがために、目で確認するのが難《むずか》しいだけなのだ。

実際《じっさい》、錬金鋼の部分をクローズアップすれば、鍔《つば》から白い靄《もや》のようなものが揺《ゆ》れて空に流れていっているのを見ることができる。

鋼糸《こうし》という武器がある。ただの糸でさえ、使い方によっては圧力《あつりょく》と摩擦《まさつ》で人の肉を切ることができる。研《と》ぎ澄《す》まされた鋼《はがね》の糸はそれだけで十分な凶器となる。

レイフォンは剣身を分裂《ぶんれつ》させることによって作った鋼糸に剄を走らせ、己《おの》が肉体のように自在《じざい》に操《あやつ》り、都市の全外縁部に満遍《まんべん》なく糸を伸《の》ばし、幼生たちを切り裂いているのだ。

九八、九七、九六、九五、九四、九三、九二、九一、九〇……凄《すさ》まじい速度で狩《か》られていく。消えていく光点の数はフェリにとってはもう一つのカウントダウンだった。光点が全《すべ》てなくなるよりも早く、幼生たちの母体を見つけなければならない。早くしなければ母体が近くの汚染獣《おせんじゅう》を呼《よ》び寄《よ》せてしまう。ツェルニが自分の子たちの滋養《じよう》にならぬのなら、他の汚染獣が産む子孫たちの滋養にする。その冷徹《れいてつ》な種族存続の思考がツェルニの危《き》険《けん》をより深いものにしてしまう。

その前に母体を見つけないと……

五六、五五、五四、五三、五二、五一、五〇………

フェリは地底にもぐらせた探査子に意識《いしき》を集中した。奥深く奥深く、歪《いびつ》な地下の空洞《くうどう》、ねじけた通路の奥深くで、フェリはついにその姿を確認した。

醜《みにく》いまでに膨《ふく》れ上がった腹部《ふくぶ》を破裂《はれつ》させて、死んだように佇《たたず》んでいる巨大《きょだい》な母体の姿がそこにある。しかし死んでない。強力な熱反応《はんのう》。なにより幼生などとはまるで比較《ひかく》にならない強大な生体反応が地下を支配《しはい》していた。

すぐにレイフォンに声を送る。

「見つけました。誘導《ゆうどう》します」

「ありがとう」

その言葉が返ってきたと同時に、レイフォンの姿が指令塔《しれいとう》の上から消えた。

空を飛んでいる。

いや、実際に飛んでいるわけではない。外縁部の端に引っかけた一本の糸に引っ張られているのだろうとフェリは推測《すいそく》する。活剄に強化された脚力《きゃくりょく》も利用して、レイフォンは最速で都市の中央から外縁部へと向かう。

宙《ちゅう》を舞《ま》っている間も、レイフォンは鋼糸《こうし》の操作《そうさ》を怠《おこた》っていない。二桁《けた》になった幼生は、レイフォンが外縁部に辿《たど》り着くよりも早く一桁になり、そして零《ゼロ》になった。

外縁部に到達《とうたつ》したレイフォンに新たな探査子《たんさし》を一つ付けて先導する。

「制限時間《せいげん》は五分です。それ以上は、あなたの肺《はい》が保《も》ちません」

「わかっています」

気負う様子のないレイフォンの言葉に、フェリは逆《ぎゃく》に心配になった。エアフィルターに

覆《おお》われた都市内部でなく、都市の外、汚染された大地の上では人は長く生きていけない。空中に浮遊した汚染物質が肺を腐敗《ふはい》させる。

どうしてそこまで危険なことに自分の身を置けるのか、フェリにはわからない。才能があるからか？　それができるだけの才能……

「望んだわけでもないのに」

レイフォンには聞こえないようにしてポツリと呟《つぶや》く。

人のため、それが自分のためになる。

そんな甘《あま》いことはフェリには理解《りかい》できない。

でも……

「死なないでくださいね」

通信を介《かい》さず、フェリは探査子が届《とど》けるレイフォンの横顔にそう告げた。

†

エアフィルターを抜《ぬ》ける瞬間《しゅんかん》は、いつだって粘《ねば》り付くような感覚が付きまとう。

都市の最果て、外縁部の縁《ふち》に足をかけ、レイフォンはそのまま落下した。目指すのは都市の真下にあるツェルニの足が踏《ふ》み割《わ》った大地。その裂《さ》け目に向かって、レイフォンは鋼糸を先行させた。無数の出っ張りに鋼糸を引っかけ、レイフォンの体を運ぶ。大地との接《せっ》触《しょく》は最低限《さいていげん》に、呼吸《こきゅう》もまた最低限に。

砂粒《すなつぶ》が目に入って、激烈《げきれつ》な痛《いた》みがレイフォンを襲《おそ》った。汚染物質が体を侵食《しんしょく》する痛みをレイフォンは目を閉《と》じて、溢《あふ》れて止まらない涙《なみだ》で押し流す。防塵《ぼうじん》マスクでもして来れば良かったと後悔《こうかい》する。そういう装備《そうび》はツェルニにはあるのだろうか？　機械科あたりに都市外作業用のものがあったかもしれないと、いまさらながらに気付く自分のうかつさに呆《あき》れながら、レイフォンは裂け目の中に飛び込んだ。

いまさら、止まれない。

鋼糸の感触《かんしょく》……鋼糸に走らせた剄《けい》を神経《しんけい》代わりに、レイフォンは暗い穴《あな》の中を進む。先導する探査子にも鋼糸を巻《ま》き付け、レイフォンはその後を追った。

鋼糸の触覚がもたらす地下の雰囲気《ふんいき》は湿気《しっけ》に満ちている。大気中に満ちた水分子にも汚染物質は混《ま》じっていて、制服《せいふく》に覆《おお》われていない肌《はだ》がちりちりと刺激《しげき》される。

鋼糸からの情報と探査子の先導を頼《たよ》りに、レイフォンは急ぎつつも慎重《しんちょう》に進むという神経が削《けず》られるような作業に集中していた。

残り時間はどれくらいだ？

喉《のど》の奥《おく》がちりちりと痛み出す。呼吸を最小限にしていても、汚染物質の体内への流入は止められない。息を完全に止めてしまえば、剄を練《ね》ることもできない。じりじりとした焦《あせ》りはどれだけ体験《たいけん》しても慣《な》れるものではない。

我《わ》が身一つで世界の外に出ることはできない。

これが、今のレイフォンたちの世界だ。

過酷《かこく》だと痛感させられる。

放浪《ほうろう》バスという細い糸のような外部との危《あや》うい繋《つな》がりだけを頼りに、閉鎖《へいさ》された都市の中で生きるレイフォンたちに、剝《む》き出しの世界はこんなにも過酷だ。生きることさえ許《ゆる》されない世界でレイフォンたちは必死に生きている。

ただ、生きるだけではあまりにも辛《つら》すぎるから……

痛みはやがて喉を過《す》ぎて肺《はい》にまで辿《たど》り着いたようだ。胸《むね》やけに似《に》た不快《ふかい》感が、喉の奥から迫《せ》り上がってくる。これが耐《た》え難《がた》いまでになれば手遅《ておく》れらしい。手遅れになったことがないから確《たし》かなことはわからない。

帰りの時間のことも考えれば、後一分というところか。

「そこを曲がれば、すぐです」

フェリの声が届き、レイフォンは鋼糸を巧《たく》みに操って裂け目のような横穴に飛び込む。

全ての糸を解《と》き放ち、一度、錬金鋼《ダイト》を待機状態《じょうたい》に戻《もど》す。

大地の感触、湿《しめ》り気の混じる柔土《じゅうど》の感触を確かめながら、レイフォンは目を開けた。

痛みとともに光景がレイフォンの前に現《あらわ》れる。

汚染獣の母体。

体躯《たいく》の三分の二を構成する腹部《ふくぶ》は無残に裂けている。そこが胎内《たいない》であり、千に及《およ》ぶ幼生《ようせい》たちに永い安息の時を与《あた》えていたのだ。円錐《えんすい》のような胴体《どうたい》には殻《から》に守られていない翅《はね》が生え、今は土をかぶってピクリともしない。幼生に比《くら》べれば遥《はる》かに比率《ひりつ》の大きい頭部には赤い複眼《ふくがん》があり、二つに分かれた顎《あご》が絶息を零《こぼ》すように動いて、殻が擦《こす》れ合う音が地下に充《じゅう》満《まん》していた。

「レストレーション〇一」

レイフォンは短く呟く。錬金鋼は再び復元《ふくげん》され、青石錬金鋼《サファイアダイト》の蒼《あお》いきらめきを宿した剣《けん》の姿をとる。

「生きたいという気持ちは同じなのかもしれない」

呼吸《こきゅう》の無駄遣《むだづか》いを恐《おそ》れず、レイフォンは母体に語りかけた。

「死にたくないという気持ちは同じなのかもしれない」

語りかけながら、歩いていく。剣身の輝《かがや》きは歩を重ねるごとに増《ま》していき、地下の暗闇《くらやみ》を追い払う。

「それだけで満足できない人間は、贅沢《ぜいたく》なのかもしれない」

汚染された大地に適応《てきおう》して生きる汚染獣たち。

この世界の主《あるじ》は彼らなのかもしれない。自律型移動都市《レギオス》に頼《たよ》らずに人間が生きていた時代、人は世界そのものの主のように振《ふ》る舞《ま》っていたと聞いたことがある。その人間たちが人工の世界でしか生きられなくなって、本来の世界を支配《しはい》しているのは汚染獣たちになったのだろう。

近づいてくるレイフォンに気付いたのか、それともレイフォンの放つ剄に危機感を覚えたのか、顎の動きが早くなっていく。殻を打ち合わせる乾燥《かんそう》した音が辺りに充満していく。

仲間を呼ぼうとしている。

「でも、生きたいんだ」

呟くと、レイフォンは剣を振り上げた。

「詫《わ》びるつもりはない」

そして振り下ろした。

エピローグ

なにも起こらない静けさの中で、ニーナは息を呑《の》み、固まっていた。

目の前にはバラバラになった幼生《ようせい》たちの骸《むくろ》がある。その場にいた誰《だれ》もがどういうことになっているのか理解《りかい》できずに、立ち尽《つ》くしていた。

いち早く我《われ》に返った医療《いりょう》科の生徒が、動こうとしないニーナに苛立《いらだ》ってその場で応急《おうきゅう》手当を始めた。

消毒薬と止血薬と細胞活性剤《さいぼうかっせいざい》を傷口《きずぐち》に塗《ぬ》り込まれ、乱暴《らんぼう》に包帯が巻《ま》かれる。その痛みがニーナにこれが現実《げんじつ》なんだと教えてくれている。

なにが起こった？

そのことだけを考える。

生徒会長のカウントが終わり数分という時間が経《た》った。その間に幼生たちは次々と、誰もなにもしていないのに切り裂かれていった。

レイフォンがこれをやった？

そう考えるべきなのだろうと思う。しかし、そう考えると体が震《ふる》える。血が足りない寒さのためなのか、それとも凄《すご》いと思う興奮《こうふん》か……。

それとも恐怖《きょうふ》か？

尋常《じんじょう》の技《わざ》ではない。これがグレンダンの天剣授受者《てんけんじゅじゅしゃ》というものなのかと、ニーナは震えを止められない体を右腕《みぎうで》で押さえながら思った。

事情《じじょう》を知らない他の生徒たちが徐々《じょじょ》にざわめきつつある。驚《おどろ》きの声を上げる者もいれば、とにかく生き残れたと喜んでいる者もいる。

喜ぶべきことなのだ。

ニーナはそう思おうとした。この危機を最小限度の被害《ひがい》で乗り越《こ》えられたのはレイフォンがいたおかげだ。それは否定《ひてい》しようもない。生徒会長が懸念《けねん》している武芸大会も、レイフォンがいれば乗り越えられるだろう。

だが、それでいいのかとも思う。

ただ一人の強者の力で全《すべ》ての問題を解決してしまっていいのかと考えてしまう。

しかし、それすらも実は今生き残れているから考えられることなのだと、ニーナの冷静な部分は告げている。レイフォンのたすけがなければ、ニーナは幼生の角によって、まさしく串刺《くしざ》しにされて死んでいただろう。

しかもあの人物は自らの武芸の才能《さいのう》に誇《ほこ》りを持たず、自らの力の価値観《かちかん》がニーナたちとはかなり違う。

レイフォンの考えが完全に悪いとは思えない。金に困《こま》ることのなかった昔ならばまったく理解できないと思うが、今はわかる。学費も生活費も、全てを自分でなんとかしている今ならばわかる。

だけど……

「いかんな、わたしはなにを考えているんだろう？」

考えが良くない方向にいくのは血が足りないためだ。

そう思うことにして、ニーナは撤収《てっしゅう》を指示《しじ》しようと振り返ろうとした。

途中《とちゅう》で、ニーナは視線《しせん》を戻す。

「レイフォン……」

レイフォンがそこに立っていた。外縁部の端《はし》、幼生たちの死骸《しがい》が山と積まれたその隙間《すきま》に、レイフォンが立っている。

初めからそこにいたのではない。

振り返ろうとした瞬間《しゅんかん》、ニーナの視界の端でレイフォンはそこに飛び上がってきたのだ。

まるで一段下から軽く跳《と》んで上がってきたといわんばかりの調子で、レイフォンはそこに立った。

ニーナは絶句《ぜっく》した。

「ああ……先輩《せんぱい》、無事でよかった」

立ち尽くすニーナの前に、ひょろひょろとどこか安定しない歩き方でやってきたレイフォンの姿はひどかった。

制服《せいふく》に覆《おお》われていない顔や手の部分のそこかしこを火傷《やけど》のように赤く膨《ふく》らませ、目は白い部分がないくらいに真っ赤に充血《じゅうけつ》して、涙《なみだ》の筋《すじ》が頰《ほお》にできている。

「その姿は……？」

「すいません、ちょっと無用心に外に出すぎました」

痛《いた》みのせいか、レイフォンの笑《え》みは引きつれている。

「外の母体を潰《つぶ》さないと他の汚染獣《おせんじゅう》が来てしまいますので……」

照れたように、いや、どこか気まずい雰囲気《ふんいき》をごまかすように笑うレイフォンを見ていると、ニーナはさっきまで自分が考えていたことが凄《すさ》まじく馬鹿馬鹿《ばかばか》しい考えなのではないかと思えてきた。

だから、口にする。

「馬鹿者だな、おまえは。都市外戦用の装備《そうび》はちゃんとあるのだぞ？」

「ええ!? やっぱり！」

「当たり前だ。学園都市とはいえ、ここはれっきとした自治都市なのだからな。一通りの装備はちゃんと揃《そろ》っている」

唖《あ》然《ぜん》としているレイフォンの姿《すがた》がおかしくて、ニーナは笑った。レイフォンも苦笑《くしょう》気味に顔をほころばせる。

そして……

「すいません、ちょっと疲《つか》れたんで休みます」

唐突《とうとつ》にそう言うや、レイフォンの体がいきなり傾《かたむ》いた。

「おいっ！」

声をかけても起きる様子もなく、自然に倒《たお》れるレイフォンの体をニーナが支《ささ》えることになってしまう。

そのニーナだって血が足りなくて立っているのがやっとなのだ。

重さに負けて、そのまま二人とも地面に倒れてしまった。

「お、おい……こんなところで寝《ね》るな！」

狙《ねら》ったわけではないだろうが、レイフォンはニーナの胸《むね》を枕《まくら》にする形で寝てしまった。

慌《あわ》てて押《お》しのけようとするのだが、重くてできない。

「ひょろっとしてるくせに……重いぞ！」

どれだけ押しのけようとしてもビクリともしない。なぜかすぐ近くにいるはずの医療科《いりよう》の生徒たちは手伝おうともしない。腹《はら》が立ってニーナはじたばたと暴《あば》れたが、レイフォンが起きる様子はなかった。

とても安らかな寝息を零《こぼ》している。

「……まったく」

抵抗《ていこう》するのも馬鹿らしくなって、ニーナは息を吐《は》いた。

「まあ、おまえはよくやったよ」

ざらついたレイフォンの髪《かみ》を撫《な》でてやる。

違法《いほう》な試合で賞金を稼《かせ》ぎ、生きるためにやったと嘯《うそぶ》いていたレイフォンが、そんなものとは関係のないことにこんなにも危険《きけん》を顧《かえり》みずに戦ってくれた。

それは武芸《ぶげい》を志《こころざ》す者として、正しい行動ではないか。

レイフォンの性根《しようね》は決して悪《あく》なわけではないのだ。ただ、自分では気付いていないだろうが、どうしようもなくまっすぐなだけなのだ。

気付いてしまえば、疑問《ぎもん》を抱《いだ》きもせずにまっすぐに突《つ》き進んでしまうくらいに。

(わたしが、こいつをなんとかしてやればいいのだ)

そう思って、髪を撫で続ける。

……と。

ゲフッ。

「え？　わ、わあ！　血、血を吐いたぞ！　担架《たんか》！　担架急げ！」

ニーナの慌てる声で、やっと後ろにいた医療科の生徒たちが動き出した。

（うるさいなぁ……）

それらの騒音《そうおん》をまどろみの中で聞いていたレイフォンはぼんやりと考えた。

（そうだ。リーリンに手紙を書かないとな）

今までと何も変わらない日々が来るのかもしれない。

だけれど、前よりも少しだけ楽しくなりそうだ。

そのことをちゃんとリーリンに報告《ほうこく》しよう、そう思いながらレイフォンは騒音を排除《はいじょ》して眠《ねむ》りの中に落ちていった。

あとがき（投げた槍が返ってきた風味）

一年ぶり？　ご無沙汰《ぶさた》ですというよりはじめましての方が正しい気がするね、雨木《あまぎ》シュウスケです。

こんちくしょうめ！

まあ、それはともかくとして……

『鋼殻《こうかく》のレギオス』をお送りします。

はてさてどんなものだったでしょうか？　おもしろいと思ってあとがきも読んでくれている方はありがとう。あとがきから読んでる方、しかも本屋で立ち読んでる方はさっさとレジに行ってください。ネタばらしをあとがきでする気はありませんが、買って読んだほうがハッピーですよ？　とくに雨木の懐具合《ふところぐあい》が。

「沈黙《ちんもく》の一年の話」

一年間なにをしてたかというと、当たり前のことですがこの本ができあがるまでにいろいろと苦労してたわけですが、そんな話をしたところで面白《おもしろ》いことは何もありません。一体何ページ分のデータがPCのどこかに葬《ほうむ》られているとか、日の目を見ることのない無数の話の怨念《おんねん》が夜毎《よごと》枕元《まくらもと》に立ってぶつぶつとなにかを呟《つぶや》いたりとか、部屋の隅《すみ》でガタガタと震《ふる》えていたりとか天井《てんじょう》に張り付いていたりとか、ベッドの下に潜《ひそ》んでいたりとか自動販売機の裏側《うらがわ》で物理的にありえない形で収まっていたりとか……

そんなことがあったら逆《ぎゃく》に面白いね、むしろ来いって感じになにもないです。なんだかんだでたくさんプロット出してたくさん原稿《げんこう》書いた末にこのレギオスが出てきたわけですが、新シリーズを出すというのは辛《つら》いんだということを学びました。気分は賞《しょう》に出す作家志望。時間を圧縮《あっしゅく》してるだけって感じ。プロになったってしんどいもんはしんどいってことですね。

ほら、つまんない。

「引越《ひっこ》しとテレビとリターン・ザ・弁《べん》」

二月の頭に広島に引越しました。一身上の都合というやつですが、まぁそれはおいておいて、さらば大阪ただいま広島なわけですよ。

で、いままで仕事する部屋にはテレビがなかったのです。

原稿も遊びもPCで済ませていたのでテレビをまるで見ない。おかげでかなり流行から遅れてしまいました。

主にお笑い。

HGなんて、友人が最初「HG、HG」って言うのを聞いて「ガンプラ？」と思ったぐらい。好きなお笑い芸人がカンニングと笑《わら》い飯《めし》と麒麟《きりん》で止まるのは当たり前の話ですよ。

新居の仕事部屋にはテレビがあるのかというとこれがまだ不明だったり。

で、雨木はもともとそれほど方言が出ない人間だと思われていたようなのですが、なぜか。実際、大阪にいた頃に「あ、いま広島弁しゃべった！」って時はなかったんですが。それでも「あ、おれいまエセ関西弁しゃべってる！」って時は何回もあったんですけどね。

これを書いている昨日、ガソリンスタンドに灯油《とうゆ》を買いに行ったんですよ。

新居にポリ缶《かん》がまだ一個しかないので新しいのを買ってガソリンスタンドに行ったわけですよ。

店員さんにガソリン入れるところに案内される前にウィンドを開けて、

「灯油欲《ほ》しいんじゃけど」

……じゃけど？

……自分で言ったけど、ぶち違和感があった。

大阪にいる時には「朝日ソーラーじゃけん」なんて言わないって言ってたけど、もしかして言うのか？


「下心ありの話」

この本が出てる頃にまだあるのかどうかは知りませんが、あとがきを書いている二月上旬現在、コンビニにビックリマンのアンコール版が売られています。

二十周年記念だそうですよ？　悪魔VS天使シールを売り出して爆発的人気となってから二十年なのか、それともその陰《かげ》に隠《かく》れてしまった別のシールが入っていた時代のビックリマンから数えて二十年なのか……

そんなものを正確に数える気はまったくありませんが、なんだかそういうことらしいのです。

売り切れまくってて集められずにコロコロとアニメでのみ追っかけてた時代からそんなに経《た》っていただなんて気付きたくないっていう硝子《ガラス》な大人心をわかってください。

そしてそんなに時間が経っていてもおもわず買ってしまう自分が大人なのかどうかとか、そんな問答も聞きたくないので言わないように。

いまなら大人買いができるなとか思ってるけど、それをしたら大人としてなにかが負けるような気がしてたり、結局大人買いした方が早くシール集まるんじゃねぇの？　とか思ってることもとりあえず言わないようにしましょう。

こんな感じでぐだぐだと言ってますが、要はなにが言いたいかというと……

ヘッドロココが出ねぇんだよ！

二十周年ってことでキラシール、ヘッドのみってことらしいんだけど、それにしても総数百三十枚だって！　だって！　しかもそれだと神帝《じんてい》が出ないよ。神帝は銀色シールだもの、キラじゃないもの！

いや、それはいいんだ。一応今回アニメ版シールがあってそっちで神帝があるらしいから、とりあえずは揃《そろ》えられるよね、とりあえずはね。

さすがに百三十枚全シールを集めようとは思ってないので、それはいいのですよ。ビックリマンでなにがお気に入りって、やっぱりアニメが好きだった雨木からしてみたらヘッドロココなわけですよ。主人公だもの。聖フェニックスがヘッドロココなわけですよ。途中でヤマト神帝がヤマト爆神《ばくしん》になって主人公の座《ざ》を奪《うば》っていったような気がしないわけでもないけど、そこはそれとしてやっぱりヘッドロココなわけですよ、ライバル役のワンダーマリアなわけですよ。二人が合体してできた子供がピアマルコなわけですよ。お守りじゃんとか言っちゃだめなのですよ。

いや、ピアマルコはいいのよ、いまは。

ヘッドロココとワンダーマリアは雨木が一番熱中していた時の主人公なわけでやっぱり一番かっこいいと思ってしまうのですよ。ぶっちゃけそれが欲しいから買うのですよ。

なのにそれが出ないってどういうことよ⁉

スーパーゼウスが出た。それはいい。

ブラックゼウスが出た。ついでに始祖ジュラも欲しいな。

ヤマト爆神が出た。仮面《かめん》つけてないバージョンもあったよな？

ヘラクライストが出た。パワーアップ前があったよな？

聖《せい》フェニックス（聖戦衣《せいせんい》）が出た。良しっ！

この後が続かない！

神帝のパワーアップしたのがなにげにたくさん出てきますよ？　一本釣り神帝《づ》のがなん

だか揃いそうですよ？　影シリーズも揃いそうです。十二枚揃えたらデュークアリババの誕生《たんじょう》だそうですよ？　魔《ま》スターPとか雨木的ビックリマン熱後期に出てきた悪魔ヘッドがちょっとかっこいいなとか思ったりしたとしても、ヘッドロココが出てこないと話にならないのですよ。

なんで下心ありな話かというと、これだけ言ってんだからロッテがビックリマンたくさんくれないかなっていうだけです。芸能人がテレビでこんだけ宣伝《せんでん》してんだからくれないかなって言ってるのと同じ気分です。本当にくれるのかどうかなんて知りません。テレビと小説のあとがきの影響力を一緒《いっしょ》に語るなとか、そんな言葉は聞こえませんよ？なのでロッテの方、編集部に遠慮《えんりょ》なくビックリマンを大量に送ってくださいね。もちろんヘッドロココが入ってる奴《やつ》を。

「少しだけレギオスの話を」

ビックリマンでヘッドロココとワンダーマリアの次に気に入ってるものがあるとすれば間違いなくヘラクライストなわけですが、これは十二の天使によって作られたロボットなのです。そういえば十二のなかに一本釣りがいたな……

ヘラクレスオオカブトを意識してるのだろうけど、使われてるのはどう見ても日本のカブトムシな装甲とか、パワーアップ後の片目とか、コロコロの方でフォローされてた天使のアイテムがこの部分に取り付けられてパワーアップしてるんだぞとかいうのを見てて興《こう》奮《ふん》したのをよく覚えています。

雨木の作る話でロボットを外してはいけないだろうと、今回も当たり前にロボットがいますよ。

「感謝な話を」

ナイスなイラストを描《か》いてくれる深遊《みゆう》さんに特大の感謝を。

マテリアルナイトから変わらず雨木の本を買ってくれる読者様方。

もちろん、この本を手にとってくれた皆様にも。

一年間のぐだぐだに付き合ってくれた担当様に。

「次回予告な話（あとから読んだ方が幸せですよ?）」

レイフォンの実力を知って勝利を確信したニーナ。

だが、そこには思わぬ罠《わな》が潜んでいた。

まとまりきらない隊員《たいいん》たちの中でニーナは静かな決意をする。

一方でレイフォンは汚染獣《おせんじゅう》の接近《せっきん》に振《ふ》り切れない過去の自分に行動をとらわれてしまう。

まじわらない二人。さまよう距離《きょり》感《かん》はどこへと辿《たど》り着くのか……

そんな感じで、次巻もよろしく。

雨木シュウスケ

富士見ファンタジア文庫

鋼殻《こうかく》のレギオス

平成18年3月25日　初版発行
平成20年12月25日　十九版発行

著者――雨木《あまぎ》シュウスケ《しゅうすけ》

発行者――山下直久

発行所――富士見書房
〒102-8144
東京都千代田区富士見1-12-14
http://www.fujimishobo.co.jp
電話　営業　03(3238)8702
　　　編集　03(3238)8585

印刷所――旭印刷
製本所――本間製本

ISBN978-4-8291-1803-0 C0193

富士見ファンタジア文庫

灼熱のエスクード

MATERIAL GIRL

貴子潤一郎

バチカン教皇庁の指揮下にある戦闘組織エスクードのエージェントとして戦う高校生の薫。今回彼に与えられたミッションは、ある男が握る『レディ・キィ』の情報を探ることだった。その人物は、教皇庁および魔術師協会から追われる凶悪犯『トリプル・クラウン』。奴が突き付けた交換条件を果たすため、薫は魔術師ルーシアと闇の美女レイニーと共に、魔族たちのオークションに潜入する！

火の国、風の国物語

戦竜在野

師走トオル

“麦と穂の国”ベールセール王国で起こった内乱。その戦火はまたたく間に拡大し、貴族として自らの領地を持つアレスも巻き込まれてしまう。幼少の頃より剣技に秀でていたアレスは、領民を虐殺された怒りと復讐心から、一騎士として王国軍に参加することを決意。アレスが誇る超人的な能力の背景には、ある秘密があったのだ──。

壮大な歴史絵巻の幕が今開ける！

富士見ファンタジア文庫

黄昏色の詠使い

イヴは夜明けに微笑んで

細音　啓

名前を讃美し、詠うことで招き寄せる召喚術・名詠式。その専修学校に通うクルーエルは、年下の転校生で、異端の夜色名詠を学ぶネイトに興味を抱く。時を同じくして、学校を訪れた著名な虹色名詠士・カインツ。彼もまた、ある目的のために夜色名詠の使い手を探していて……!? "君のもとへ続く詠。それを探す" 召喚ファンタジー。第18回ファンタジア長編小説大賞佳作受賞作。

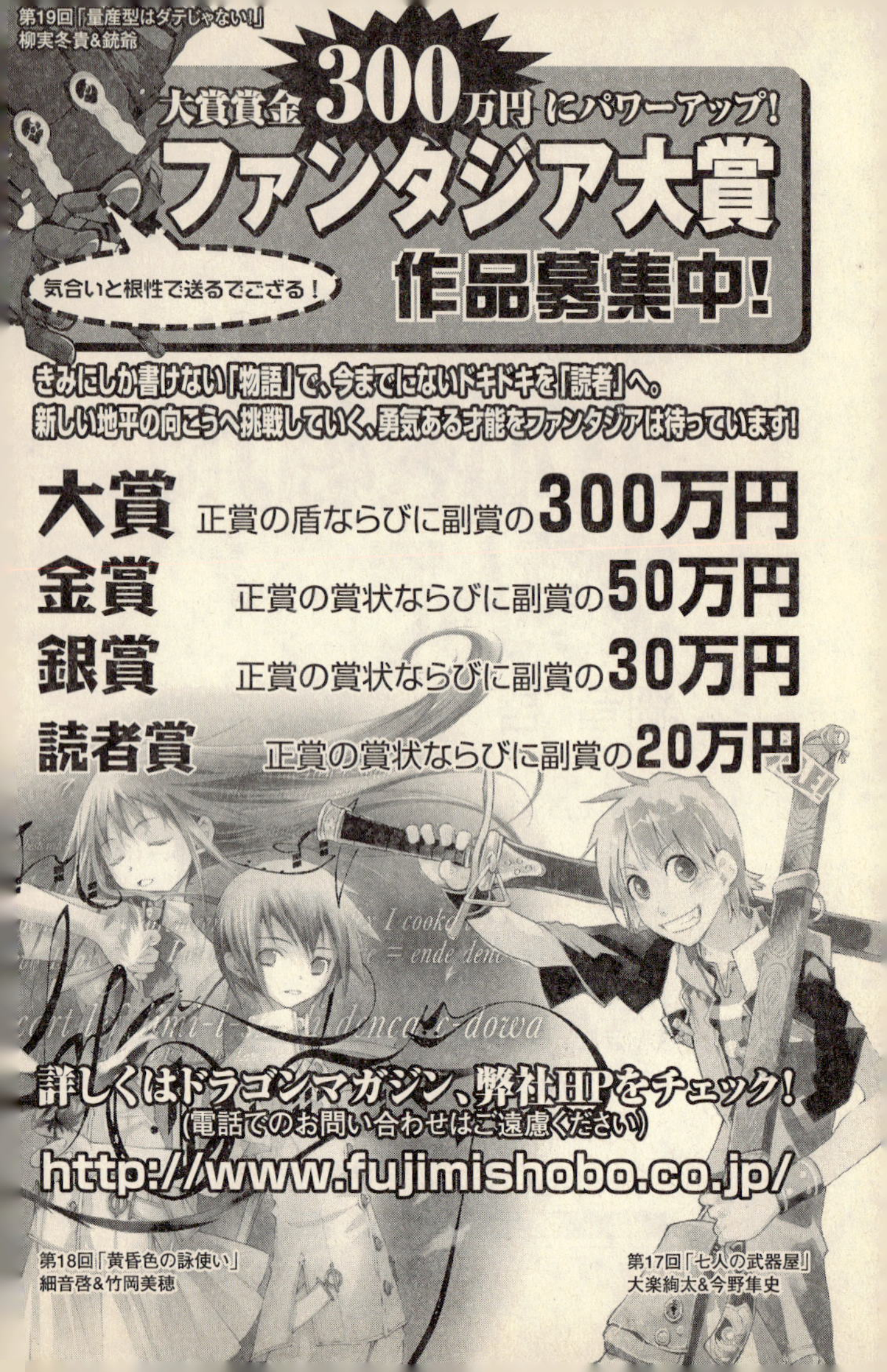

第19回「量産型はダテじゃない!」
柳実冬貴&銃爺
大賞賞金300万円にパワーアップ!
ファンタジア大賞
作品募集中!
気合いと根性で送るでござる!
きみにしか書けない「物語」で、今までにないドキドキを「読者」へ。
新しい地平の向こうへ挑戦していく、勇気ある才能をファンタジアは待っています!
大賞 正賞の盾ならびに副賞の300万円
金賞 正賞の賞状ならびに副賞の50万円
銀賞 正賞の賞状ならびに副賞の30万円
読者賞 正賞の賞状ならびに副賞の20万円
詳しくはドラゴンマガジン、弊社HPをチェック!
(電話でのお問い合わせはご遠慮ください)
http://www.fujimishobo.co.jp/
第18回「黄昏色の詠使い」
細音啓&竹岡美穂
第17回「七人の武器屋」
大楽絢太&今野隼史